お直し処猫庵

二つの溜息、肉球で受け止めます

尼野ゆたか

富士見L文庫

JN178599

もくじ

一章　店長と作る！　おいしい豆大福

二月の高校には、様々な空気が交錯する。

まず寒さ。二月は年間で一番冷える時期だから、これはまあ当たり前と言えば当たり前である。

次に緊迫感。三年生の受験組は本番真っ只中《ただなか》なのだから、こちらもやはり当たり前である。

そして、そわそわとした落ち着かなさ。これまた当たり前である。二月には、とても特別なイベントがあるのだから。

沢村美矢子《さわむらみやこ》が呼吸するのは、一番最後の空気だった。寒さはスカートの下にジャージを重ね履きして対処しているし（母が「だらしない」「みっともない」「高校生らしくない」の三点セットを繰り出してくるため、いつも駅まで行ってからトイレで履いている）、二年生なので受験はまだ先の話である。となると、最も重要なのはとても特別なイベント——すなわちバレンタインデーだ。

女子たちは意中の人にこっそり熱い視線を注ぎ、男子たちは意中の人からこっそり熱い視線を注がれているのではと期待する。まあ後者は概《おおむ》ね自意識過剰に基づく幻想だが。

廊下、教室、体育館。登校時の下駄箱、昼のお弁当時間、放課後の掃除。朝礼という名の長話我慢大会、前の日十時間寝ていても眠くなる新川《あらかわ》先生の日本史授業。あらゆる場所、あらゆる状況、あらゆる場面が、普段と違うのだ。

「おはよう」

そんな中、東恵一《あずまけいいち》はいつも通りだった。

「何だよ、暗い顔して。楽しくいこうぜ！」

いつも通りに、イケメンだった。

サッカー部のエースストライカーにして成績は学年でトップクラス。爽《さわ》やかで整った面立ちと、髪型を中心に感じさせるお洒落《しゃれ》さ。加点法以外での評価を許さない、完全無欠の王子様なのだ。

「暗くねえよ」

ちなみに、暗い顔を指摘されたのは美矢子ではない。恵一の友人・佐藤《さとう》である。

「単にねみーんだよ。寝不足なんだ」

机に突っ伏したままの姿勢で、佐藤は呻《うめ》いた。

「起きろ起きろ」

恵一は佐藤の後頭部をはたく。そして、しぶしぶ体を起こした佐藤と何やら複雑な握手をした。茶摘みの手遊びのように互いの手を叩《たた》き合うこれは、アメリカのヒーロー映画の真似である。二人で仲良く観に行って、まんまとハマったらしい。

「昨日の夜中、ずっと動画見ててさ」

握手がすむと、佐藤は言った。恵一と同じサッカー部で、ポジションはゴールキーパー（の補欠）だ。壁となるべき役割だけあって、壁みたいな外見をしている。

「またかよ」

恵一は快活に笑った。相手が壁の補欠でも分け隔て無く接する、この大らかさ。また加点である。

——というわけで、美矢子の意中の相手というのはこの恵一だった。もう何をしていても格好良い。

「佐藤はいっつもそればっかだな。他にやることないのかよ」

ちょっと意地悪を言っているのも格好良い。

「で、動画って何の？」

それでいて、ちゃんと相手の話を聞くところも格好良い。

「キミヒロウさんのやつ。知ってる？」

「知ってる知ってる！『ヘヘーイアイムキミヒロウ！』ってやつだろ」

しょうもなさそうなユーチューバーの物真似か何かをしているが、それも格好良い。

――これだけ格好良いのだから、当然ライバルは大勢いる。今美矢子はスマホでメッセージアプリを確認するふりをして恵一の様子を窺《うかが》っているのだが、教室の中に同様の体勢を取っている人間がざっと三、四人は見受けられる。一クラスでこれである。他のクラスや学年まで入れたら更に増えること間違いなしだ。

熱意では、負けない自信がある。試合はいつも応援しに行っているし、彼が好きなサッカー選手の名前も記憶している。佐藤とやっていたあのややこしい握手だってマスターしている。弟相手に練習し、徹底的に完成度を高めてあるのだ。今や佐藤より上手にできるはずである。発表する場所はないが。

「なんかやってるゲームが毎回面白そうでさー。一番新しい動画で紹介してたの、アイテムも貰えるからインストールしてみたらマジハマリそう」

佐藤が何か言っている。そんなものメーカーに頼まれての宣伝に決まっているのに、まんまと踊らされているようだ。補欠なのも、その呑気《のんき》さですぐ逆を突かれてゴールを決められるからだろう。

「ところでさ、恵一は好きなお菓子ってなんなの?」

――前言撤回である。佐藤は天才である。雑談の延長線上で、ここまで貴重な情報を聞き出そうとするとは。いずれ正ゴールキーパーの座を射止めることもできるだろう。

美矢子は己の全生命力を聴覚に注ぎ込む。恵一の好きなお菓子。バレンタインデーにおいて、極めて重要な要素だ。何としても、知っておきたい。

「好きなお菓子？　決まってるじゃん」

恵一は、爽やかに答えた。

「豆大福一択だろ。むしろチョコレートとかあんまり好きじゃないな」


正直、あまりの意外さに美矢子は驚いた。豆大福とかおじいちゃんおばあちゃんのお菓子ではないのか。

しかし考えてみると、恵一は上辺のイメージを気にせず自分のことを自然体で言っているとも言える。結論。これまた格好良い。

さて、熱意では負けない自信がある美矢子は速やかに行動に移った。次の日学校が休みだったので、早速豆大福作りに着手したのだ。沢村美矢子、一世一代の大勝負である。

まず、インターネットで作り方を検索してみる。豆大福を作ったこともなければお菓子作り自体ほぼ未経験なので、右も左も分からないのだ。着手するといっても、調べるところからスタートなのである。

なんでも、豆大福には赤えんどう豆なるものを使うのが一般的らしい。あまり簡単に手に入るものではなさそうなので、黒豆で代用しているレシピを使うことにする。黒豆の仕込みにもいくつかのやり方があるようだが、市販のものを使うのがやりやすそうな気配がするので、それでいくことに決めた。味つけも簡単で、切り餅《もち》と黒豆だけで豆大福っぽい感じになるようだ。これならいけるだろう。

「何やってんの、お姉ちゃん」

キッチンで作業に取りかかろうとしていると、弟の浩年《ひろとし》が声を掛けてきた。

「お菓子を作るの」

そんな美矢子の答えを聞くなり、浩年は何も言わずに逃げ出した。

「待ちなさい」

すかさず追いつくと、浩年の服の襟を摑《つか》んで捕まえる。浩年は中学一年生だが、未《いま》だに美矢子よりも背が低いので、身柄を拘束するのは容易《たやす》い。

「何で今のタイミングで逃げるのよ。流れおかしいでしょ」

「声で分かるんだ。お姉ちゃんがそういう声で喋《しゃべ》っている時は何か良くないことが起きるんだ」

浩年が言う。

「起きないわよ。わたしはただ、バレンタインデーで渡すための豆大福を作ってるだけなんだから」

浩年は全力で逃げようとした。

「だからどうして逃げるのよ」

しっかり捕まえて訊《たず》ねる。別にこき使ったりするつもりはない。さすがの美矢子でも、バレンタインデーの本命くらい自分で作ったものを渡すに決まっているではないか。せいぜい味見を手伝って貰《もら》う程度の話なのに。

「あんた何やってるの」

今度は、母が現れた。随分驚いた様子である。普段野菜の皮むきさえ理由をつけて手伝わない美矢子が、キッチンで積極的に何かしているのだから、不思議で仕方ないのだろう。

「豆大福を作ってるの」

そこで、美矢子は端的に答えてやる。

「豆大福？　そんなもの買ってくればいいじゃない」

母がそんなことを言い、美矢子は鼻で笑ってしまった。本命に渡すものを買ってきて済ませるのは下の下である。特別であることを伝えないといけないのに、大量生産の市販品を使うなど論外というものだろう。

そういう意味では、女子たちがよくやる「手作りチョコレート」も微妙だ。あれは要するにチョコレートを溶かして冷やして固めて違う形にするだけの作業であり、何かものを作ったと言えるかどうか怪しいものである。

「わたしは周囲に差をつけるのよ」

というわけで、美矢子はそう宣言した。豆大福。それが美矢子の勝負手なのだ。

「そう。道具は壊さないでね。わたしは出かけてくるから」

興味なさそうに言うと、母は去っていった。

「さあ、頑張るわよ」

三角巾《さんかくきん》代わりのバンダナをきゅっとしめると、美矢子はお菓子作りを始める。

「あれっ」

材料を揃えて、早速躓《つまず》いた。片栗粉がないのだ。常備されているだろうと思って買ってこなかったのだが、失敗だった。

「ま、いいか」

見た感じ、メインではなさそうである。なくても何とかなるだろう。美矢子は改めてお菓子作りに取りかかった。

「むむっ」

黒豆や餅との激闘は熾烈《しれつ》を極めた。

「ぬううう」

餅は熱して砂糖を混ぜたりするのだが、そうするとペタペタ貼りつくし、黒豆は普通に混ぜるだけだがころころと転がる。どちらもまるで生き物のようだ。

「――よし、できた」

そんな材料たちとの戦いに、美矢子はようやく勝利した。豆大福が、完成したのだ。

「はっ」

その瞬間、浩年が姿を見せた。何やら、キッチンに入ってきたその瞬間の姿で固まっている。

「あら、何だかんだ言って味見しに来てくれたのね。ありがとう、大好き」

「違うよ。単に何か飲もうと思って冷蔵庫にきただけなんだ。しまった、なんてひどいタイミングだ」

「四の五の言わない」

浩年を引きずるようにして、食卓に着かせる。食卓の上には大きな皿が置いてあり、豆大福がでんと盛りつけられている。

「見た目からしておかしくない」

浩年が、引きつった顔をする。

「僕の知ってる豆大福じゃないよ。豆大福って丸い形で豆が透けて見える感じでしょ。これ、なんか丸くもないし豆が剝《む》き出しで突き刺さってる感じなんだけど」

指摘は確かにその通りだ。見栄えは良くない。どうしても綺麗《きれい》に作れなかったのだ。

「まあ、多分時間が経つとちゃんとした感じになるのよ。普通に作ったし」

「普通？　普通って言ったの？」

浩年が失笑した。

「いい、お姉ちゃん。普通の女子高生はお菓子作りの最中に『むむっ』とか『ぬううう』みたいな叫び声は上げないんだよ」

「う、うるさいわね。それだけ大変だったのよ。はいはい、いいからとにかく召し上がれ」

美矢子は促すが、浩年は手を出さない。

「召・し・上・が・れ」

「急《せ》かさないでよ。決意を固めてるんだ」

豆大福から目を離そうともせず、浩年が言った。あたかも、死を覚悟した侍か何かのような形相だ。

「わたしが作ったお菓子を食べるだけのことでしょ。どれだけ大げさに構えてるのよ」

ここは関ヶ原《せきがはら》でも本能寺《ほんのうじ》でもなく沢村家の食卓である。どう考えても命を賭《か》ける必要はない。

「お姉ちゃんが作ったお菓子を食べるからだよ」

そう言ってから、浩年は深呼吸した。やがてくわっと目を見開くと豆大福を一つ手に取り、

「うわっなにこれ」

悲鳴を上げた。

「何よ、触っただけで」

「なんか凄《すご》いベタベタする。なにこれ」

浩年は泣き出しそうだ。

「ああ、そうなのよね。丸めようとしている時からそうだったのよ。手に貼り付いて大変だったわ」

「本当に大丈夫なのかなあ。何一つとして豆大福感がないけど」

浩年は顔をしかめながら豆大福を口元まで持って行き、しばし逡巡《しゅんじゅん》しながらがぶりとかじる。

「うぐぐっ」

浩年はいきなり苦しみだした。吐き出したりはしなかったが、食べることに多大な苦痛を感じている様子である。

「ちょっとやめてよ。変な演技入れなくていいから」

美矢子は怒った。おかしなアレンジは不要である。手作りの和菓子を食べて毒殺されるなど、もはや本能寺の変でさえない。

「こ、これは——これは——」

ようやく豆大福を飲み下すと、浩年はうわごとのように繰り返す。

「一体何なのよ」

浩年の向かいに座ると、美矢子は豆大福を一つ口にする。

「うぐっ」

美矢子はいきなり苦しみだした。

「分かったかい、お姉ちゃん」

憔悴《しょうすい》しきった声で、浩年が言ってくる。美矢子は頷《うなず》く他なかった。

――不味《まず》い。

味そのものは悪くない。黒豆の味と甘い餅が混ざってまあ和菓子らしい感じがする。

問題は食感だ。口の中で、爆発的に巨大化するような錯覚。実際には貼り付きまくっているだけなのだろうが、とにかくひどい。しけた海苔《のり》とか貼り付く食べ物は色々とあるが、こんな風に口の中で存在感を増大させるものは初めてだ。餅《もち》や豆と格闘している時はまるで生きているようだなどと思ったが、もしかしたら本当に生命体として錬成してしまったのだろうか。無から有を生み出すように、餅と黒豆から命を生み出してしまったのかもしれない。美矢子は神になったのか。

「ただいま」

母が帰ってきた。

「あんた、道具壊さなかったでしょうね」

母は、美矢子を見るなりそんなことを言う。

豆大福を作っているだけなのに道具の安全を重ねて確認するとはしつこいが、しかしちゃんと意味があるのだ。――豆大福を作ろうとしただけでものを破壊しかねないほど、美矢子は不器用なのである。

美矢子は思い知った。母親にそんな懸念を抱かれるような人間が、豆大福作りなどという高度な作業に手を出すのは土台無理な話だったのだ。

食べ物を無駄にするなという母の叱責《しっせき》により、美矢子は豆大福になれなかった何かを残さず食べた。口の中を巨大化する餅と黒豆に繰り返し蹂躙《じゅうりん》されるという経験は、まさに地獄だった。生きながらにして地獄を味わった美矢子は、死後極楽にファストパスみたいな優先枠で行くことができるだろう。そうでないと釣り合わない。

「お姉ちゃん、悪いことは言わないから豆大福はやめときなよ」

夕食後。美矢子と同じく極楽行きの切符を手にした浩年が、助言してきた。

「――うん」

普段なら何を生意気なと締め上げてやるところなのだが、さすがにそんな元気もなかった。

晩ご飯は美矢子の好きなカツオのたたきだったのだが、味覚が豆大福（未満の何か）に袋叩《ふくろだた》きに遭って麻痺《まひ》しており、ろくに楽しめなかった。青ざめた浩年を見て毒殺ごっこをやめろみたいなことを考えたが、あれは間違いだった。ほぼ毒と言っても過言ではない。実際体調が悪くなっているのだから。

「ああもう、どうしよう」

部屋に戻るなり、美矢子はベッドに倒れ込む。いくら豆大福一択の恵一でも、事実上の毒を贈られて嬉《うれ》しいはずがない。うぐぐと苦しみだす恵一の姿を想像し、美矢子は憂鬱《ゆううつ》になった。

一旦《いったん》曇った心が、晴れることはなかった。

「大丈夫、大丈夫だから」

友人の松浦好実《まつうらよしみ》は、持ち前の太陽のような明るさでそう励ましてくれた。

「失敗したからって落ち込むことないよ。そもそもバレンタインデーって『誰がお菓子を一番上手に作れるか大賞』じゃないでしょ。ようは気持ちよ、気持ち」

一メートル後半の長身を生かし、バレーボール部のウイングスパイカー（ぼかすかスパイクを撃つポジション）として活躍する好実だけに、物事のとらえ方は前向きだ。彼女はいつも、壁より高く飛んでボールを叩き込む姿勢で人生に臨んでいる。

「わたしは美矢子のこと好きだよ。わたしがもらったらその豆大福美味《おい》しく食べちゃうけどなあ。友チョコなら友大福？　ならなんかいいこと起きそうじゃん。友達で大きくて福とか。実際わたしでかいしぴったりだね」

本来なら、嬉しい言葉だろう。しかし、好実はあの豆大福を知らない。うぐぐと言って倒れれば、そうも言ってられなくなるに違いない。

「何とかなるって。元気出して行こう」

そう言って、好実は笑う。――太陽のように明るい好実が側に居るということは、すなわち太陽が間近にあるようなものだ。冬だというのに暑苦しい。

そんな風に思ってしまう自分が、とても嫌だった。


放課後になれば、好実は部活に行く。帰宅部である美矢子はそのまま帰る。太陽がなくなれば、美矢子の心はずっと雨降りである。

今からチョコレートにしようか。少し考えて、すぐ却下する。そんなありきたりなことをして、上手《うま》く行くとは到底思えない。好実はああ言ってくれるが、美矢子という存在は最大限好意的に評価しても「ありきたりの女の子」だ。そんな人間がありきたりなことをして、どうにかなるはずもない。熱意なら誰にも負けないというのは、熱意以外だと他の人に勝てるかどうか自信がないということでもあるのだ。

——そもそも。美矢子はふと気づく。

そもそも、自分は何をしたいのだろう。何がしたくて、こんなに悩んでいるのだろう。

そんなことさえ、分からなくなってしまっている——

「む。そのように下ばかり見ていては危ないぞ」

そんな声が横合いから掛けられた。低く張りのある、男性の声である。

「若い者は前を向いて歩かぬか。お主らには輝く未来が広がっているのだ。それを見ずに何とする」

まったくもって大きなお世話である。美矢子の青春は始めることさえもかなわなくなっている。輝く未来などあるはずもない。

睨《にら》みつけてやろうと声のした方を向き、

「うそやん」

美矢子は目を見開いた。

そこにいたのは、猫だった。二本足で立ち、自分の身長より大きい箒《ほうき》を持って、道を掃いている。

猫は、丸々とした体を毛糸編みのセーターで包み、マフラーまで巻いていた。結構ふさふさとした毛が生えているのだが、それでは足りないのだろうか。まあ、雪が降ってもまだ降り止まぬ時は猫はこたつで丸くなるというし、寒がりなのかもしれない。

「嘘ではない。若者の未来はいつでも無限大だ」

猫がそんなことを言った。やはり、さっきの声はこの猫が発したものらしい。この猫は、立って歩いて話して掃き掃除もするということだ。

「さて、何やら困り事のようだな小娘。ならば、猫の手を貸して――」

「いやあああっ」

美矢子は絶叫した。

「なにこれ超可愛い！」

そして、猫に抱きつく。

「な、何をする。やめい、やめぬかっ」

猫はジタバタ逃げようとするが、美矢子はがっしと捕まえて離さない。

だって、このもふもふ加減である。セーター越しでも伝わるふかふかした感触。温かく、柔らかく、しかもどこか弾力もある。結果として、とても幸せである。美矢子はゆるキャラの着ぐるみなどを見つけると抱きつきたくなる系女子なのだが、どのゆるキャラもこれほどまでの癒《い》やしと幸福感をもたらすことはなかった。離してなるものかという話だ。

「どうしました？」

猫と組んずほぐれつしていると、そんな声が掛けられた。見やると、近くの建物の扉が開いていて、そこから一人の青年が顔を出してこちらを見ていた。

「あ、ども」

美矢子は咄嗟《とっさ》に挨拶《あいさつ》した。それはなぜか。単純な話で、青年がイケメンだからである。ほっそりしていて、華奢《きゃしゃ》。たとえば恵一のような体育会系とは正反対だが、この儚《はかな》げな空気もこれはこれでまた良い。ふわっとしたくせっ毛や、猫のデザインが施されたエプロンなど、中性的なイメージを強める要素もなんだかドキドキしてしまう——いや、ダメだダメだ。惑わされてはならない。自分は恵一一筋なのだ。

「こんにちは」

青年が微笑みかけてくる。彼が姿を見せたのは、お洒落《しゃれ》な雰囲気のお店の中からだった。店の傍には、黒板のような質感の立て看板がある。「お直し処　猫庵」。看板にはチョークで書いたような字で、そう記されていた。庵の字が猫の尻尾《しっぽ》になっていて可愛い。

つまり、この店が猫庵なのだろうか。毎日通っている通学路だが、こんな建物は見たことがない——

「隙ありっ」

美矢子の腕から、猫が逃れた。色々考えているうちに、つい力が緩んでしまったのだ。猫はぴょーんと跳び、地面をころころと転がり、

「せやっ」

それからぱっと着地を決めたかのようなポーズをとった。

「店長。どや顔のところ申し訳ありませんが、全然決まってませんよ」

青年がそう指摘すると、猫はその場で転がってじたばたし始める。

「少し鈍っただけだ！　鍛えれば、あのサルめの手勢を震え上がらせた神出鬼没の戦い振りを再び見せてくれるわ」

「この猫が、店長」

美矢子は唖然《あぜん》としながら呟《つぶや》いた。猫庵というお店の名前の意味は、そういうことだったのか。

「庵主《あんしゅ》だ。店長とはあくまでこの童《わっぱ》が勝手にそう呼んでいるだけのこと。間違えぬように」

おほんと咳払《せきばら》いすると、店長はえへんと胸を張った。

「では、改めて。――猫の手を、貸してやろうぞ」

なんて言った割に、いざ悩みを話してみると猫はえらく微妙な顔をしてきた。

「何かが壊れたわけではないのか」

「強いて言えばわたしのハートね。壊れやすいガラス細工に、ひびが入ってしまったみたい」

カウンターに肘《ひじ》を突いて顎《あご》を乗せると、美矢子は憂いを纏《まと》わせて言った。店の中は和風な感じで落ち着いていて、ちょっと大人な気分になってくるのだ。なんちゃって。

「ふうむ」

隣の椅子に座った猫は、突っ込みも真面目に考え込む。椅子に座ると言っても猫らしく丸くなるのではなく、どかっと腰を下ろしている。

「あの、リアクションとかないの？」

何だか、滑ってしまった人みたいで恥ずかしい。

「む？　いや、少し考え事をしていたのでな。なんだ、突っ込めばよかったのか？　なんでやねーん」

店長が、前足の甲の部分で美矢子をぽむりと叩いてきた。

「棒読み過ぎるわよ！　余計いたたまれないわよ！　ツッコミしてるのは可愛いけど！」

「そうですよ。それじゃ意地悪なただのおじさんですよ」

カウンターの中から、青年が加勢してくれる。

「む、むむ」

店長が、オレンジとも黄ともつかない不思議な色の瞳《ひとみ》をぐりぐり動かして呻《うめ》いた。

「――まあ、そういう人間が訪れることもたまにはある」

そして、前足を組んで頷《うなず》く。

「そうですね。いつだったかのフィギュアスケート好きな子も、何かが壊れて来たわけじやなかった気がしますし」

記憶を辿《たど》るような口ぶりで、青年が言った。

「では、何か悩み事があれば店長に話してみて下さい。色々聞いてくれますよ」

青年がにこやかに勧めてくる。

そうは言われても、困ってしまう。青年がいると、特にだ。別にイケメンであること以上の何かで意識しているわけではないのだが、彼の前でいきなり恋バナをするのは何というかハードルが高い。

「本当に店長なんですか、この猫？　喋《しゃべ》るうるさいマスコットとかじゃなくて？」

そこで、話をはぐらかしてみた。実際不思議に思っていることではある。どう見ても、青年の方が店長らしい雰囲気がある。

「誰がうるさいますこっとだ！　なんと失礼な！」

店長がぷりぷり怒る。

「大体合ってるじゃないですか。小さい人形とか作りましょうよ。肉球触ったら『童《わっぱ》！　今なんと言った！』とか『上野《うえの》さん！　相撲で勝負だ！』とか喋るやつ」

「おのれ童《わっぱ》！　バカにしているな！　この店を誰が切り盛りしていると思っている！」

青年がそんな店長をからかい、店長は更に憤慨する。

「なるほど。だからねこあんって言うんですね」

それを聞きながら美矢子は一人納得していた。店の名前だ。猫がいるから猫庵《ねこあん》なのではなく、猫がやっているから猫庵《ねこあん》なのか。

「違う！　違うのだ！」

すると、店長はじたばたした。一体何が違うというのか。

「にゃあん！　にゃあんと読むのだ！　庵主がそう決めたからそうなのだ！」

店長が、両の前足でカウンターを叩《たた》いた。勢いは激しいが、肉球が衝撃を吸収してあまり音はしない。さっきのツッコミ同様にぽむぽむ感ばかり出ている。

「ああ、はあ。なるほど」

猫庵《にゃあん》。確かに、それはそれで成立しそうである。しかし、初めて見ていきなりそう読むのは不可能ではないだろうか。

「狙い通りに読んでもらえない記録更新ですね。そもそも、一度も読んでもらえてないんだから毎日が新記録ですけど」

にこにこしながら、青年が言う。

「ええい、おのれ」

店長は、苦虫を噛《か》み潰《つぶ》したような顔で尻尾をぱたぱたさせた。悔しくて仕方ないようだ。

「やっぱり振り仮名振りましょうよ。表の看板に『にゃあん』って書き足すだけでいいじゃないですか」

「それはできぬ。振り仮名を振らずに読んでもらえるまでは、絶対にやらぬ。いつかちゃんと読んでくれる客がくれば、童の吠え面《わっぱほ》が拝めるのだからな」

「別にいいですけど、多分そんなことは永遠に起こりませんよ？　僕の吠え面が見たいなら、もうちょっと現実的な方法を模索した方がいいんじゃないんですか」

「なにー！」

二人のやり取りを聞くに、やはり読めないのが当たり前といった感じのようだ。

「さて、僕はちょっと用事があるので失礼しますね」

そういうと、青年はカウンターの奥にある扉を開けて外に出ていった。店内に、美矢子と店長が残される。

店長は、何も言わない。急《せ》かすでもなく、突き放すでもなく。ゆっくりと、待ってくれているようだ。

「——あの、ね」

美矢子は口を開いた。

「好きな人にバレンタインデーのお菓子を渡したくて、好きだっていう豆大福を作ってみたの」

猫に恋愛の相談をするなど、おかしな話だ。しかし、どうしてか、店長には話したくなった。聞いて欲しいと、思ったのだ。

「そしたら、全然ダメで。ほんと、毒薬みたいな仕上がりになっちゃって」

自分で作ったお菓子を食べた時。何か、途方もない衝撃が美矢子を襲ったのだ。

「もう、どうしたらいいか分からなくて。友達が応援してくれたけど、元気が出なくって。それどころか、心の中でその友達を悪く思っちゃったりもして」

胸の奥、芯《しん》の部分を叩かれたような。同時に、足元から地面が崩れ落ちていくような。そんな、ひどく辛《つら》い感覚。

「まあ、若者とはそういうものだ。目の前の気持ちが全てで、一つ一つの出来事が重く響く」

店長は、前足を腕のように組み合わせて言った。

「ちょっとしたことで舞い上がり、何でもないことで傷つき、そして――ふとしたことで夢から覚めてしまう。そんな経験を経て、大人になっていくのだ」

ぽかんとした顔で、美矢子は店長を見やる。おおよそ猫の口から飛び出してくるとは思えない、奥深い言葉である。人生経験――いや、猫だから猫生だろうか――の豊富さを感じさせる。この猫、何者なのか。いやまあ、喋ることができる時点で明らかに只者《ただもの》ではないのだが。

「悩むあまり、袋小路に入り込んでしまったのだな」

ふむふむと頷いてから、しばし店長は考える素振りを見せる。

店の中が静かになった。嫌な沈黙ではない。店長が美矢子のことを真面目に考えてくれているると、分かるからだろう。

「それでは、今一度考えてみてはどうだ」

どれほど時が経ったか。店長が口を開いた。

「行き止まりにぶち当たったら、すたあと地点まで戻ってみるのだ。——お主は、どうしたい？」

それは、真っ直ぐな問いだった。真っ直ぐなだけに、美矢子の心に真っ直ぐ届き、

「わたしは——」

そして、美矢子も真っ直ぐ答えることができた。

「——彼に、告白したい」

「そうか」

店長が、微笑んだ。小馬鹿にして笑うのではなく、温かく受け止めるような、そんな笑みだった。

「しかし、ならばちょこれいとでもいいだろう。自分の気持ちを、相手に伝えたいだけならば」

そんな店長の口にした言葉は、美矢子の心にぐさりと突き立った。痛い。しかし——これも嫌ではない。向き合うべき気持ち、それを引き出すために言ったのだと分かるから。

「ううん」

美矢子は、首を横に振った。

「それじゃやだ」

「なぜだ」

店長が聞いてくる。自分でも分からない。分からないはずなのに、美矢子は答えた。

「わたし、彼と付き合いたい。告白、成功させたい」

口にした瞬間、分からないはずだった自分の本音に美矢子は気づいた。

そう、簡単なことだったのだ。やっぱり、諦《あきら》められないのだ。彼のそばにいたい。彼の特別な存在になりたいのだ。

「よし。よくぞ言うた」

一方、店長は満足げにひげをぴんと立てた。

「改めて、猫の手を貸してやろうぞ。一体どんな菓子を作ろうとしているのだ。言うてみい」

そんなわけで、美矢子は店長に豆大福作りを教わることになった。毎日、学校が終わると猫庵に行き、店のカウンターを借りて豆大福作りに励むのである。調理済みの黒豆ではなく赤えんどう豆を使い、小豆からしっかり餡《あん》を作る本格的なものだ。

「まだまだだ」

店長の指導は、控え目に言っても厳しかった。

「レシピにある『よく混ぜる』とか『よく練る』というのは、自分で『よく混ぜた』『よく練った』と決めるものではない。『よく混ざった』『よく練った』状態というものは確実に存在する。そこまで辿り着かねばならぬのだ」

叩いたり、怒鳴ったりするわけではない。

「お主が不器用なのは、言わずとも分かる。不器用なりに、手の動かし方、指の使い方を身につけよ。できないなら、できないなりのやり方というものがあるものだ」

しかし、絶対に甘いことを言わないのだ。やるべきことができるようになるまで、叱咤《しった》激励を続けるのである。

「少し、休憩しませんか？　疲れたでしょう」

見かねたのか、時折青年がお茶を用意してそう言ってくれた。

「ううん、やります」

しかし、美矢子はその度に断った。もう少しで、何か大切なものを摑《つか》めそうなのだ。

「この、粉みたいなのいるんですか？」

とはいえ、弱音は出る。最後に粉をつけるようにしながら丸めるのが、不器用な美矢子には難関なのだ。

「打ち粉は必要だ。この粉はただの粉ではない。べたべたする食べ物の、そのべたべたを防ぐためのものなのだ」

「あっ――」

店長の言葉に、美矢子は息を呑《の》む。あの貼りつきまくる生き物のような豆大福未満の物体が、どうして豆大福になれなかったのか。その原因が、遂《つい》に分かってしまった。

「今回は、上新粉というううるち米から作った粉を使っています。簡単なレシピだと、片栗粉で代用されることもありますけれども」

愕然《がくぜん》とする美矢子に、青年が説明してくれる。

「そうなんだ、要らないものだとばっかり」

美矢子はしょんぼりと肩を落とした。

「れしぴというのは、無駄なく作られているものだ。優先順位の低い作業などは、飛ばしていいなどと書いてあったりもするしな。あれんじするには、料理のせんすや経験が必要になってくる」

店長が、耳をぱたぱたさせながら注意してくる。

「料理や菓子作りをし慣れないうちは、まずれしぴ通りに作ることだ。失敗というのは、大半が勝手な判断や雑な作業に起因する。初心者のうちは、分量も手順もきっちり決まっているものを参考にすべきだな」

「――厳しい」

しゅんと美矢子は項垂《うなだ》れる。

「でも――可愛い！　耳とか！」

そして次の瞬間店長に抱きつく。ぱたぱた動いていた耳が、実にキュートだったのだ。もみもみしたくなる。というかもう実際にしている。

「やめろー！　上新粉塗《まみ》れになるではないか！」

店長が走って逃げ回る。美矢子はそれを追いかける。

猫が追いかけられる立場という変形のトムとジェリーみたいなことをやりつつも、だんだんともの は形になり始めていた。

「できたよ。これでどうかな？」

その度に、店長に試作品の味見をしてもらう。

「上達してきてはいる。だがまだまだだ」

店長の返事は、随分と手応《てごた》えを感じさせるものへと変化していた。だが、合格は程遠い。

「じゃあ、僕が頂くね」

そう言って試作品を平らげるのは、上野さんと名乗る荷物を沢山背負ったパンダだった。何でも、色々な品を店に仕入れてくれているらしい。

このパンダも人間の言葉を喋《しゃべ》っていて、しかもテーブル席に自分専用サイズの大きな椅子を置いて座っている。よく考えると奇妙なことこの上ないのだが、もう美矢子は気にならなかった。それほどまでに、美矢子は豆大福作りに熱中していた。

「――今度は、どう」

バレンタインデーまで、残すところあと一日。もう何回目かも分からない試作品が完成した。見た目は売られているものと遜色《そんしょく》ない仕上がりになっている。後は、味だ。

店長は、無言で豆大福を口にする。一口、二口。ゆっくり食べていく。美矢子は固唾《かたず》を呑んで見守る。青年や上野さんも、じっと店長の挙動に注目する。

「うむ」

――初めて、店長は豆大福に笑顔を見せた。

「これなら良いだろう。猫庵御用達の味と認めようぞ」

「っしゃー！」

美矢子は両の拳《こぶし》を突き上げた。

「おめでとう。よく頑張ったね」

上野さんが、ねぎらってくれる。

「ありがとう上野さんっ」

椅子に座っていた上野さんに抱きつく。

「おおっと」

驚いた様子を見せつつも、上野さんは美矢子を受け止めてくれた。ふかふかで心地よく、ふわりといい匂いがする。何の匂い、とは言えないのだが、とても気持ちが落ち着く。人工的な芳香ではなく、自然で優しい香りだ。

「いつの間にか仲良しですね」

笑いながら、青年が言った。

「えへへ」

照れ笑いを浮かべると、美矢子は上野さんから離れる。

「自分でも食うてみい」

店長が、豆大福を勧めてきた。

「う、うん」

少し怯《ひる》んでしまう。食卓を絶望で染め上げたあの味が、今も舌に悪夢の如く残っているのだ。

「ほれ」

店長が、なおも促してくる。

「――うん、分かった」

美矢子は、遂に覚悟を決めた。

豆大福は、カウンターに置かれた皿に載っている。カウンターまで歩くと、美矢子は皿から豆大福を一つ取った。そして戻した。ちょっと形が悪い気がする。味もいまいちかも。もう少し、慎重に選ぼう。

「どれも同じ味だ。作った自分が一番分かっているだろう」

店長が、苦笑交じりに言ってきた。理屈でそうなのは分かっている。しかし、どうにも不安が勝ってしまう。

「まったく、しょうのないやつだ」

やれやれと鼻を鳴らすと、店長はカウンターの上に乗った。何をするのかと思いきや、店長は豆大福を一つ手に取り、

「せやあっ」

美矢子の口に突っ込んできた。

「ぶふぉっ」

豆大福をねじ込まれ、変な声が出てしまう。店長や上野さんはともかく、あの青年に聞

かれるのはちょっと恥ずかしい。

「むぁ、むぁにお」

口に大福を突っ込まれたまま美矢子が抗議しようとすると、店長は腕組みをした。

「いいから食うてみるのだ」

「む、むむ」

仕方ないので、口に刺さったというか口から半分飛び出したというかそんな感じになっている豆大福をもぐもぐ食べる。

「うぐっ」

美矢子は呻《うめ》き声を上げた。前回と同じような声だ。しかし、その意味合いは違う。――とても、美味《おい》しいのだ。

大福のもっちり加減と、豆の歯応えが描く食感の対比。それを土台にして、ふくよかな味わいの餅と、豆の甘じょっぱさと、中にたっぷりと詰まった餡の甘味という三者三様の味わいが、それぞれの個性を主張しつつ口の中で生き生きと響き合う。最初に作ったものとは、まったく違う。

「どうだ」

店長がにまにましながら聞いてきた。

「美味しい」

素直な感想を、美矢子は口にする。

「すごい。なんか――感動しちゃった」

じーんとしてしまう。ただ一つお菓子をちゃんと作れるようになった――それだけのことなのに、ひどく胸が熱い。

「ありがとう店長！」

美矢子はばっと店長に抱きついた。

「こ、こらっやめぬか」

もがく店長を捕まえ、膝《ひざ》の上に乗せる。大柄なので、猫を膝の上に乗せるというのとは全くの別物だが、もふもふでふわふわで実に心地よい。少し、いやかなり重たいけど。

「すっかり仲良しだねえ」

上野さんが、おかしそうに言ってきた。

「店長、お店やめてうちの飼い猫にならない？　猫缶あげるよ」

美矢子が提案したが、店長はつーんと横を向いた。

「残念だが、猫缶ではわしは買収できぬぞ」

そして、にやりと笑う。

「わしを飼いたければ、わしが納得するほどに素敵なすいぃつを毎日用意することだな」

「さぁびすだ」

そう言って、店長が豆大福を入れるための箱を用意しラッピングまでしてくれた。どちらも猫のシルエットがあしらわれていて、とても可愛い。しかも猫の尻尾《しっぽ》は先っぽでハートマークになっていて、ばっちりバレンタイン仕様だ。

そんなプレゼントを鞄《かばん》に入れて、美矢子は恵一を待っていた。朝も早い時間帯の靴箱。つまり先手必勝である。入れておく、などという消極策は取らない。誰よりも早く対面で勝負し、そして返事を引き出すのだ。

最速を目指すなら家まで行くのが確実なのだが、さすがにそれはやらなかった。あまり親しくない人間に家まで来られると、ちょっと敬遠したくなる気持ちの方が強くなってしまうと思ったからだ。今の美矢子と恵一は学校と学年とクラスが同じだけの関係だ。ならば、その学校で挑むべきだろう。

頭の中で、話すべき言葉を何度も反復する。浩年や好実にお願いして、メッセージアプリでやり取りしながら練りに練った文章だ。何しろありきたりな美矢子なので、あまり長い文章は覚えられない。短くて、できるだけ気持ちがこもった言葉を考えて、それを頭に叩《たた》き込んできたのである。

ぱらぱらと登校してくる生徒は、鞄を提げた美矢子をじろじろと好奇の目で見てくる。

まあ、無理もないことだ。現実の高校で、バレンタインデーのお菓子を手に男の子を待つ女の子など中々いない。実際には、教室移動でばらけた時とか共通の知人を介してとか、いまいち盛り上がらない時に渡すものだ。

美矢子を見て、ほんの少し期待を顔に浮かべる男子生徒もいる。申し訳ないが、美矢子の王子様は他にいる。義理チョコさえ用意できていない。やっとのことで作り上げた本命豆大福、ただそれだけを引っ提げて美矢子は今日という決戦の日を迎えたのだ――

「――あっ」

美矢子は息を呑《の》んだ。ついに、恵一が現れた。

咄嗟《とっさ》に靴箱の陰に隠れてしまう。先手必勝を決めるつもりなのに伏兵になってどうするのだという感じなのだが、やはりそんな簡単に勇気が出るはずもない。

ばんと靴箱を開け、恵一は素早く履き替える。鞄を教室に置いて、すぐ部活の朝練に向かうのだろう。つまりもたもたしていると、恵一の時間をサッカーに取られてしまうというわけだ。

今だ、今しかない。美矢子は自分を奮い立たせる。この日のために、この時のために頑張ったのだ。店長も上野さんも青年も好実も、最終的には浩年でさえも応援してくれた。勇気が湧いてくる。さあ、行くのだ――

「恵一くん！」

と呼びかけたのは美矢子ではない。別の何者かだ。何事かと顔を出すと、恵一を追いかけるようにして、一人の女子生徒が出入り口から入ってくるのが見えた。

「いた、よかった」

牧《まき》ノ原香奈《はらかな》。同じ学年の女子生徒だ。外見と愛嬌《あいきよう》に恵まれた、よくモテる女子である。他学年にもその名を知られているとか何とか。

「あれ。牧ノ原さん、だっけ」

立ち止まり、恵一が怪訝《けげん》そうに訊《たず》ねる。

「ええと、ね」

香奈は、何やら（少しわざとらしく）もじもじとしてから、ピンク色の包みを恵一に差し出した。

「チョコレート、受け取って下さい」

靴箱周辺の空気が一変した。周りにいた人間たちは驚き、あるいは戸惑い、あるいは頬を染めて成り行きを見守ったりする。スマートフォンを操作し始めたり（多分メッセージアプリで友人に報告なり実況なりしているのだろう）、こっそりカメラを向ける者さえいる。

そんな中、美矢子は平静を保っていた。何なら鼻で笑ってさえいた。チョコレート。何と安直な。そんなことで恵一の心を射止められるわけがなかろう。恵一はチョコレートがあまり好きじゃないと言っていたのだから、むしろ逆効果だ。クラスの違う香奈は、そのことを知らなかったのだろう。恵一と同じクラスであることに、美矢子は感謝した。

「えっ、牧ノ原さんが——俺に？」

周りの様子を気にしながら、恵一が訊ねる。

「うん」

言って、香奈はかなりわざとらしくもじもじしてから付け加えた。

「本命だよ？」

周囲に、更なる衝撃が走る。数名の男子生徒が、顔を強張《こわば》らせて立ち去る。多分香奈に気があったのだろう。ご愁傷様である。

一方、美矢子はあくまで落ち着き払っていた。何ならこの後の作戦を立て始めてさえいた。好きじゃないチョコレートを渡されて、好きになるわけもない。好きな豆大福を渡されて、初めて気持ちが動くはずだ——

「ありがとう」

美矢子は耳を疑った。今、恵一は何と言った？

二人は、靴箱の前で向かい合っていた。恵一が靴箱を背にし、香奈がその前に立つ形だ。

二人の雰囲気は、控え目に言ってもいい感じだった。まさか、いや、そんな。

「ほんとに？」

香奈が、上目遣いで恵一を見上げる。恵一は、それに頷《うなず》き返した。

「うん。嬉《うれ》しいよ。チョコレートも、牧ノ原さんの気持ちも」

「恵一くんっ」

香奈が、恵一の胸に飛び込む。

「あっ、ちょっと牧ノ原さん。だめだよ」

そんなことを言いながらも、恵一は香奈を引き離そうとはしなかった。周りの様子を窺《うかが》うことさえしなかった。控え目にいっても、めっちゃでれでれして鼻の下を伸ばしていた。

「うそやん」

美矢子は茫然《ぼうぜん》と呟《つぶや》いた。美男美女の人気者カップルが誕生した、そんな瞬間だった。


こうして、沢村美矢子の高校二年生のバレンタインデーは終わった。美矢子は、美味しい豆大福の作り方と男子高校生の心理とを学んだ。豆大福の豆のように甘じょっぱい、そんなバレンタインデーだった。

二章　綺麗に映る？　店長の鏡

最近何かで見た話によると、太りやすさは細胞レベルで決まるらしい。そしてその細胞のレベルというのは、小さい頃に食べまくったかどうかで決まるらしい。

となると、小さい頃から沢山食べる子で、親がそれを喜んで余計に食べさせたという生育歴を持つ内藤里花《ないとうりか》が太るのは、決まり切ったことなのだろう。

そこまで極端に体重が重いわけではない。しかし、外見からして「ぽっちゃり」と評される水準は余裕で超えてしまっている。三十歳のラインを飛び越えた今までずっとこうだったし、間違いなく今後もずっとこうだろう。

無為無策でいたわけではない。真剣に痩《や》せようとしたことは何度もあった。しかし運動しても減らず、食べる量を減らせば体力がもたない。まるで、今の体型と体重が里花にとって適正なものであるかのようだった。たとえ、世の中ではそうでなかったとしても。

「いらっしゃいませー」

里花の仕事はスーパーのレジである。キャリアが長いこともあって、レジ担当のチーフ的な役割を任されている。小銭の計算が自動になり、セルフレジも現れた現在、いつまで続く仕事なのだろう――と思うこともある。

かご二つに商品をぎっしり積んだお客さんが現れた。五十代くらいのおばさんである。かごには牛にでも食わせるのかというほどに大量の野菜と、虎にでも食わせるのかというほどに大量の肉が無造作に詰め込まれていた。

里花は商品を素早くレジに通し始めた。ただ機械的にやるのではなく、パック詰めで形が決まっていて積みやすい肉から先に片付けていく。

肉類が済んだところで、次は野菜だ。新しいかごを用意し、より慎重に順番を決める。下に置いていいもの、重いもの。潰《つぶ》れると傷みやすくなるもの、見かけよりも軽いもの。更に形を考慮して、パズルやテトリスのように積み上げる。

野菜にせよ肉にせよ、お客さんが持ち帰る時に適当に積めばあまり意味はないのだが――おばさんのかごへの入れ方は雑であり、その可能性はかなり高い――レジではやらないように気をつけている。『レジの店員の入れ方が雑』とか『桃が潰れた』みたいなことを「お客様の声」に書かれる程度なら、可愛いものである。その場で「桃が潰れるわよ」などとクレームを入れられ、レジ作業が滞ったりしたら一大事だ。想像もしたくない。

「八千七百二十一円のお買い上げです」

少し高めに作った声で、支払金額を告げる。おばさんは一万円をキャッシュトレイ――

お金を置くためのあの台だ——に置き、財布の小銭入れに手を戻す。七百二十一円だか二十一円だか出す予定だろう。

品物を通し終わったのを見て取ったか、後ろに人が並び始める。じりじりする瞬間である。しかし、内心はおくびにも出さない。おばさんは自分の後ろを全く気にしていないが、こういう人は意外と店員の態度には敏感である。早くしろよコラァみたいな空気を気取られると、またクレームの危険性が高まるのだ。

おばさんが小銭を置く。茶色二枚、白っぽい銀色一枚。

「一万二十一円お預かりします」

お札と小銭をレジに飲み込ませる。正しい表現かどうかは分からないが、「この入っていく感じは飲み込む感じだな」と自動レジが職場に導入された時に思ってからというもの、里花の中ではこの動作は「レジに飲み込ませる」である。

「千三百円のお返しとレシートです」

出てきたお釣りをおばさんに渡す。

「ありがとうございました」

顔を見て言い、頭を下げる。おばさんは俯《うつむ》いていて目を合わせない。このおばさんはよくレジに来るが、いつもこんな感じだ。まあ、それが普通である。体感的にはお客さんの半分以上直《じか》には視線を合わせない。

「いらっしゃいませ」

次のお客さんは、男性だった。六十代半ば、私服、仏頂面。トップクラスに注意が必要なタイプだ。金髪ヤンキーや作業着のおじさんの方がずっと楽である。そういう外見が厳《いか》つい感じの人は、意外と気さくなのだ。この男性くらいが、ちょっとしたことでこっちを怒鳴りつけてくる確率がいちばん高い。

かごの中は、缶ビールの六缶パックを一つと総菜が二パック。バーコードバーコードバーコードで終わる。問題はお箸《はし》をつけるかどうかだ。一瞬迷う。必要ないのにいちいち聞くなと怒る人もいれば、必要なんだから聞けと怒る人もいる。どっちだ。

「お箸、ご入り用ですか」

里花は必要な方に賭《か》けた。

「いる」

吐き捨てるような返事が返ってきた。感じは悪いが、とりあえず正解である。よかった。

「千八百二十二円のお買い上げです」

男性は千円札をトレイに置き、次にほとんど投げるような形で硬貨をキャッシュトレイへと叩《たた》き付ける。この道十年の里花だが、こういう感じの男性がわざと雑にお金を扱う心理が未《いま》だに分からない。並んでいら立っているのかとも思うが、並ばなくてもやはり雑である。値段が気に入らない？　単に常からどこでも誰でもこう？　あるいは、雑に接しても相手が従うことで自分の優位性を感じたい？　謎である。

「七十八円のお返しです。ありがとうございました」

男性は舌打ちしそうな雰囲気で去っていった。レジの人間がヘマをせず怒れなかったのが腹立たしい、と言わんばかりの態度だった。ざまあみろである。

「いらっしゃいませ」

もう次のお客さんが来ているので、気持ちを切り替える。親子連れ、若いお母さんと娘。商品の数は少ない。ありがたい！　豆腐に豚の肩ロース、キャノーラ油、そしてがりがり食べるアイスキャンディだ。広告の品プラス子供のおやつといったところだろう。

「七百五十二円です」

「あい！」

金額を言うなり、子供が元気いっぱい拳《こぶし》を突き出してくる。前もって、お母さんから渡されているのだろう。

「ありがとう」

笑顔で腰をかがめ、お金を受け取る。飲み込むレジも、心なしかご機嫌であるかのように思えてくる。

「四十八円のお返しです。ありがとう」

お釣りも子供に渡してあげる。ついでに小さく手を振ってあげると、子供はきゃっきゃと喜んだ。

「まんまるお姉ちゃん、ありがとう！」

　気にはしていない。子供の言ったことだ。

　お母さんは一瞬完全に凍りついてから、とんでもない勢いで謝ってきた。

「ご、ごめんなさい！」

　多分、お母さんが教えたわけではない。子供が、勝手に名前をつけただけのことだ。黒い犬にクロと名前をつけたり、変な形の虫をヘンナムシと呼んだりするのと同じ感覚で、丸いお姉さんをまんまるお姉ちゃんと呼んだだけのことだ。

　だから、里花は笑顔を死守した。子供をどやしつけようとしているお母さんを、なだめもした。

　そもそも、そこまでひどい言葉を使われたわけではない。「まんまるお姉ちゃん」である。随分と、愛嬌《あいきょう》のある表現ではないか。自分にそう言い聞かせながら、里花は今日のシフト時間を終えた。

「お疲れ様です」

　声を掛けながらバックヤードへと入る。

「ぅいーす」

里花を出迎えたのは、やる気のない返事だった。精肉コーナーの主任、青崎《あおさき》である。

青崎はスマートフォンに目を落としたまま、顔を上げようともしない。まあ、青崎は誰に対しても大体こういう態度だ。彼がまともに応対するのは、相手が自分より目上の人間か、あるいは若く可愛らしい女性であるかの場合に限られる。しかも後者に対しては必要以上に応対が丁寧で、それ故に青崎の評判はすこぶる悪い。

「はあ」

めんどくさそうに溜《た》め息《いき》をつくと、青崎は立ち上がった。里花の方を見ようともせずに、バックヤードを出て行く。多分だが、里花のことは一際粗雑に扱っている。理由は——まあ、簡単に想像がつく。若く可愛い女性相手にやたら丁寧にするのだから、里花はその正反対だということだろう。くたばりやがれといった感じである。

「あ、お疲れ様です内藤さん」

入れ代わりに一人の若者が入ってきた。丁寧な挨拶《あいさつ》をしてくれる彼は、精肉コーナーで働いている学生バイトの藤田《ふじた》英幸《ひでゆき》だった。ひょろりと背が高く、フレームの細い眼鏡を掛けている。

確か近くの偏差値のいい大学に通っていて、一回生だという話をしていた気がする。ということは、浪人していなければまだ十代なのだろう。——十代。自分もかつてそうだったはずなのだが、遥《はる》か遠い昔のことのように思える。

「お疲れ様」

とりあえず挨拶を返しつつ、里花はタイムカードを切る。この店ではレジが自動になっても、タイムカードの仕組みは未だに同じままである。挿して押し込むとがしゃんと音が鳴り、退勤時刻が印字される。時間を見て少しばかりの達成感を味わい、タイムカード入れに戻す。

ロッカーを開けつつ、エプロンを外す。そして、ロッカーの中に入っているリュックとエプロンを取り替えれば、帰る準備は終了だ。

リュックを開けて、スマートフォンを取り出して通知を確認する。ニュース、クーポン情報、天気予報。どれも緊急の何かではなさそうだ。細かく見るのは帰ってからとしよう。

ロッカーを閉めて振り返る。英幸は、スマートフォンを操作していた。こちらには特に興味もない様子だ。

こちらからも、まあさほどの興味もない。他の男性社員やバイトよりはいい感じだと思うけれど、それ以上に発展する見込みなどあろうはずもないからだ。十九歳、しかもいい大学に通う大学生から見て、三十代のレジ打ちなどバイト先の備品みたいなものだろう。レジと同じだ。里花はレジと一体化しているわけである。

「失礼しまーす」

声だけ掛けて、人力自動レジ・里花はバックヤードを後にしたのだった。

ダメージは、遅効性だった。

スクーターに乗っての帰り道。里花の気分は、急カーブを描いて落ち込み始めた。すれ違う全てが、思考がマイナス方向へ進むことを促す。

スカートを短くし、細い足をこれでもかと見せつけながら歩道を行く女子高生。あんなの、絶対穿《は》けない。

ノースリーブを着こなし、目の前の横断歩道を渡るお姉さん。こんな腕、絶対出せない(自分の二の腕に溜まった脂肪をつまみながら)。

これでもかと大量に土砂を積んだ、でかいダンプカー。女子高生やお姉さんよりこっちの方が親近感がある。

こんなの、絶対情けない。里花は肩を落とした。レジを打つダンプカー。それが自分であるとするならば、「まんまるお姉ちゃん」というのは最大限好意的に評価した結果ではないだろうか。

道を曲がり、それまで走っていた国道から住宅街の中へと入る。もうしばらく行けば、里花の家だ。今日も、母が山盛りご飯を作って待っているに違いない。そして里花はそれを残さず平らげるのだ。ダンプカーをガソリン満タンにするわけである。明日も爆走だぜ。タイヤが燃え上がるぜ。イェアァァァ。

無理に気分を持ち上げようとしてみたが、まったく駄目だった。何しろ、満タンになったガソリンは少なくない量が土砂（すなわち脂肪）へと姿を変えるのである。そう考えると、余計にしょんぼりしてしまう。

――待てよ。

そこで、里花は気づいた。

土砂を積む一方だから、いけないのではないのか。そろそろ、本気で投棄するべきではないのか。


次の休日。里花は、てくてくと歩いていた。

全身から汗が噴き出している。季節は六月であり、ひどく気温が高いわけでもなく、汗だくになって歩いているのは里花だけだった。一人温暖化現象である。

首に掛けたタオルで、汗を拭《ふ》き拭き歩く。目指すは、歩いて十五分くらいのところにある公園だ。出《い》で立《た》ちは、ジャージにいつものリュックである。

公園で何をやるのかというと、別に何もしない。公園まで歩いて行って、歩いて帰ってくるだけである。まあ、言うなればウォーキングだ。

当初は縄跳びでもしようとか色々考えていた。しかし、里花の体格でいきなりそういう運動に取り組むと膝《ひざ》周りが爆発するらしいので、身の丈にあった水準で始めようと考え直したのだ。歩くくらいなら、どうにかなる。

「はあ、はあ」

しかし、里花は息を切らしまくっていた。里花の家の辺りは、小高い丘を開発して作ったやや新興住宅街であり、坂また坂で中々にアップダウンが激しいのだ。

小さい頃から住んでいる場所なのに、すっかり忘れていた。十九二十で原付の免許を取ってからは、ほとんどこの辺を歩かなくなったせいだ。怠惰のつけが、今回ってきているわけである。

リュックのサイドポケットに入れたペットボトルを取り出しては、水を飲む。もう残りが半分を切っている。水飲み場で補給しないと、家に帰るまでとてももたなそうだ。

——運動しようと思ったのは、これが初めてではない。しかし、思い立ってトレーニングしては毎回挫折《ざせつ》していた。やたらしんどいのに効果はほとんど出ないので、モチベーションがあっという間に枯渇してしまうのだ。今回も果たしてどれだけ続けられるのか、里花はすっかり自信をなくしてしまっていた。

どうにかこうにか、里花は公園に着いた。公園には、誰もいない。ほっとしてしまう。今の里花は、顔を歪《ゆが》めぜえはあと荒い息をし汗だくになっている。人に見られれば、不気味がられるかダイエットの大変さを憐《あわ》れまれるかのいずれかだ。どちらもあまり愉快な経験ではない。体験せずに済むならそれにこしたことはないというものだ。

よたよたと背もたれつきのベンチまで歩み寄ると、リュックを背負ったままくずおれるように座り込む。

――みしり。

すると、何とも不吉な音が響いた。

「え、なになに」

慌ててリュックを体の前にやり、チャックを開ける。みしりとはどういうことだ。まさか、スマホが壊れてしまったのではないか。冗談ではない。たっぷり溜《た》まった体脂肪を減らすつもりが、僅《わず》かに貯めた普通預金を失ってしまう。

里花は後悔する。息がすっかり上がっていたとはいえ、どうしてそのまま座ったりしたのか。普通人間はリュックを背負ったまま背もたれのある椅子に座ったりはしない。勿論《もちろん》里花もだ。頭に酸素が行っていなくて、一挙手一投足が雑になりすぎていた。

「――よかった」

スマートフォンを取り出して、里花はほっとする。見た感じ、壊れていない。液晶画面がひび割れてもいない。試しに電源ボタンを押してみると、問題なくロック画面が表示される。

安心してから、入れ違いで疑問が生まれる。では、あのみしりという音は一体何なのか。

更にがさがさとリュックの中身を漁《あさ》り、里花は音の発生源を見つけた。

「――うーわ」

それは、手鏡だった。二つ折りの、四角い形をしたものである。持ち運べて顔が映ればよいくらいの感覚でチョイスした一品だ。

その手鏡の鏡部分が、真っ二つに割れていた。おそらく、リュックの中で里花の体重をまともに受けるような位置取りになっていたのだろう。運の悪い話である。

いやひょっとしたら、鏡一杯に里花のむちむち顔を映し続けて消耗していたのかもしれない。そのうち、里花が覗《のぞ》き込んだだけで木っ端微塵《みじん》になったのではないだろうか。

考えているうちに、いたたまれなくなってきた。鏡を疲れさせる顔って。ひどい話だ。

「ぬうん」

笑えばいいのか、泣けばいいのか、無表情で受け入れればいいのか――

里花が意気消沈していると、おじさんの声が聞こえてきた。えらく太くダンディな感じだ。何か、運動でもしているのだろうか。

「むっ、ぐっ」

おじさんは、随分と苦しそうである。ジムでもないのに、そんなに負荷の高いトレーニングができるものだろうか。

里花は、公園を見回してみた。やはり、里花の他に人の姿はない。せいぜい、太った猫が鉄棒にぶら下がって懸垂しているくらいである。

「――ん？」

何か、今とても妙なものを見たような気がする。

顔を前に戻し、改めて検討する。猫が、鉄棒にぶら下がって、懸垂。

「いや、おかしいでしょ」

もう一度鉄棒を見やる。やはりそこに猫はいた。腕というか前足で鉄棒にぶら下がり、一生懸命体を引き上げようとしている。後ろ足をじたばた動かし、必死で頑張っている様子だが、体は上がらない。

「ぬううっ」

遂《つい》に前足が鉄棒から外れ、猫は地べたに落下してしまった。ぼよんと弾み、その場にぱったりと倒れ伏してしまう。

「年は取りたくないものだ。体を絞るのにも一苦労するとは」

地べたに転がりながら、猫が悔しそうに言う。

里花は、猫をまじまじと見た。毛並みは茶色と黒の縞《しま》模様――いわゆるキジトラである。

人のことを言えた義理ではないが、まるまると太っていて確かに減量する必要がありそうだ。

しかし、あの体つきで懸垂はチャレンジング過ぎるだろう。もうちょっと、身の丈に合ったメニューを考えるべきではないだろうか。

「いや、いやいや」

猫が懸垂で痩《や》せられるかどうかは問題ではない。猫が懸垂で痩せようとしているのが問題なのだ。

「しかし、諦《あきら》めるわけにはいかん。かつての体のキレを取り返し、童《わっぱ》をあっと言わせてやらねば」

しかもこの通り、魅惑の低音ボイスで人間の言葉を話している。問題だらけだ。ひょっとしたら、頭が酸欠状態になって幻覚症状を引き起こしているのではないか。言葉を喋《しゃべ》り懸垂する猫が実在すると考えるより、遥《はる》かにリアリティがある――

「む」

猫が、こちらを向いてきた。目が合う。

「なんだ、お主も運動中か」

唖然《あぜん》とする里花に、猫はしょげた様子で言った。

「今はこの有様でな。運動に手は貸してやれぬぞ」

「お直し処、ですか」

お店のカウンター席で、里花は受けた説明の内容を繰り返した。

「壊れたものをお直ししてくれるんですね」

お洒落《しゃれ》なお店である。カウンターと、テーブル席がいくつか。カウンターの上には和傘が開いていて、お茶屋風の雰囲気を醸し出している。空調も効いているし、とても心地よい。

「うむ」

ただ一つ奇天烈《きてれつ》なのが、カウンターの向こうにいるこの店の主《あるじ》である。

「その通り。猫の手を、貸してやろうぞ」

公園で懸垂していた、あの猫なのだ。

里花は、出してもらったグラスを手にする。透明なグラスには、肉球のマークがあしらわれている。細かいところまで気配りが行き届いている。

水を飲んでみる。よく冷えていて、大変美味《おい》しい。全身に、染み渡っていくようだ。喉《のど》が渇いているところに冷えた水を飲んだ時の、リアルな感覚。やはり自分は夢を見ていたりするわけではない。これは現実なのだ。

「ねこあんと書いて、にゃあんと読むんですね」

里花は、店名についても確認する。

「――うむ」

猫は、先ほどまでとは打って変わってしょぼくれた様子で答えた。

「ごめんなさい、読み間違えて」

――里花は最初、ねこのいおりと読んでしまった。ねこあんだとなんだか据わりが悪い。ねこいおりでもいいかと思ったが、「店の中は和風だし意表を突いた感じで『の』が入るかもしれない、ふじわらのみちなが的な感じで！」と考え直し言ってみたのだ。結果としては、全くかすってさえいなかった。にゃあん、にゃあんかあ。なるほどなあ。

「大丈夫ですよ。皆さん間違えられますから」

そう言って笑ったのは、一人の青年だった。隣に座っているこの青年、実にイケメンである。エプロン姿も、よく似合っている。もし里花の働いているスーパーで彼がバイトを始めたら、女性客の注目を一身に集めそうだ。何を隠そう、里花もちょっと見入ってしまっている。

「本日は、どうなさいましたか？　何か、壊れてしまったのでは？」

青年が、里花に笑いかけてきた。

「あ、えと、まあ大切なものってほどのことでもないんですけど」

里花は、リュックの中を漁った。

「あった、あった。これです。ちょっと、割れちゃって」

鏡を取り出す。真っ二つにひびが入り、改めて見ても実に無惨だ。

「あらら、これは派手にやっちゃいましたね」

青年が目を丸くする。

「見せてみい」

猫が、両の前足（それとも手だろうか）で挟むようにして鏡を手にした。

「ふむ、ふむ」

何やら傾けたり、角度を変えたりしてあれこれ眺めている。

「店長、なんですよね。この人。いや、この猫？」

小声で、青年に訊《たず》ねてみる。今でも信じられない。猫が立って歩き、喋るなんて。その上、壊れたものを直す店を経営しているなんて。

「ええ、そうですよ。こちらのにゃんこさんが店長です」

青年は、にこやかに答えてきた。

「店長ではない。庵主《あんしゅ》だ」

店長が不満そうに言い直す。何やらこだわりポイントらしい。庵だから、主は庵主ということだろうか。

「ふむ、ふむ」

店長は鏡をチェックし続け、青年はそれを見守る。里花は手持ち無沙汰《ぶさた》になり、周りをきょろきょろ見回した。

落ち着いた雰囲気の内装だ。里花たちのいるカウンター席の反対側にはテーブル席があり、衝立《ついたて》のようなもので仕切られていた。カウンター席と出入り口の間には少しばかりスペースがある。一体何のためのものだろう。

カウンターやテーブルは、木製である。いずれも綺麗《きれい》に磨き上げられていて、木目の美しさがデザインとして存分に映えている。

カウンターの後ろの壁には、棚があった。バーだとお酒の瓶が沢山並べてあるあの棚だ。やはり、青年が掃除しているのだろうか。それとも、店長が雑巾《ぞうきん》を持って拭《ふ》いていたりするのだろうか。尻尾《しっぽ》はふさふさで大きいし、そこでも雑巾を使えるかもしれない。効率良く拭き掃除ができそうだ——

「うむ」

里花がとめどなく考え事をしていると、店長が納得したような声を上げた。

「これなら何とかなるだろう」

そして里花の方を見て、そんなことを言ってくる。

「え、でも」

何とかなると言われても、何をどうするのだ。というかそもそも、どうしても直してほしいものというわけでもないのに——

「さて、童」

戸惑う里花を置いて、店長は話を先に進める。

「あれを持ってこい」

青年に、そんな指示を出したのだ。手（これで統一すると里花は決めた）で何やらジェスチャーをしている。近いものは、書道だろうか。とはいえ、この場でいきなり文字をしたためたりするわけはないだろうし、はてさて一体何を意味しているのか。

「はいはい、分かりました」

青年はカウンターに入ると、突き当たりにある扉を開けて外に出ていく。『あれ』とジェスチャーだけで分かったらしい。

「あと、茶菓子も持ってくるのだぞ」

店長が大声でつけたした。思わず反応してしまう里花である。茶菓子。茶菓子とな！

「そう色めき立つでない。やつがお主に合うものを用意するから待っておれ」

「わたしに、合うもの」

わくわくした気分が、一気に萎《な》える。一袋700kcalオーバーで袋にBIGとかファミリーサイズとか書いてあるようなスナック菓子と、ラベルにゼロともトクホとも書いてないようなコーラを持って来られたらどうしよう。分かってますねえとか言って平らげてやるか。心の中で泣きながら。

「この鏡は、長く使っているのか？」

店長が質問してきた。

「えっ――」

眉間《みけん》に皺《しわ》を寄せ、記憶を辿《たど》る。割れてしまった鏡は、確か雑貨屋で買ったものだ。成り行きで新しく入った友達グループで雑貨屋に行った時、何も買わないのもなんなので買ったものである。他のみんながあれ可愛いこれ可愛いと頭のてっぺんから声を出している中、里花は一人実用的なものを購入したのだった。

「十年近く前ですかね」

ちなみにそのグループは、男の取り合い的な何かで破綻《はたん》した（勿論《もちろん》里花は一切関わっていない）。それも同じく十年くらい前だ。つまり友達グループの寿命は短命に終わっていた。

「ほう。一つのものは割と長く使う方か」

店長はそう言うが、里花としてはぴんと来ない。

「いや、どうでしょう。別に物持ちがいいってわけではないんですよね。すぐなくしたりしますし」

単に、鏡を色々替えたりしないだけのことだ。映ればいい、顔が見られればいい。それくらいの感覚である。こまめにそういう手回り品が替わっている女性を見ると「すげえ」と驚いてしまう。

「ふむ、ふむ」

店長が、納得したように頷《うなず》いている。今の返事で、何が分かったのだろう。

「お待たせしました」

そこで、青年が戻ってきた。青年は黒く長方形のお盆を持っていて、里花の目の前に置く。

「老舗《しにせ》の和菓子屋・とらやさんの生菓子『若葉《わかば》蔭《かげ》』です」

「は、はあ」

里花は怯《ひる》んだ。なんだかお洒落な名前の物体が出てきた。それだけで気圧《けお》されてしまう。

おそるおそる目の前のものを覗《のぞ》き込み——

「——あっ」

里花は、息を呑《の》んだ。

四角く透明な、ゼリーのようなお菓子だ。大きさは、里花の手の平に簡単に載るくらい。脇には、羊羹《ようかん》を食べるときに使う木の棒みたいなもの——菓子楊枝《ようじ》が添えられている。

ゼリーの中には、何かで作られた魚がいる。柄からして、金魚だろうか。金魚の上には、緑色の葉っぱもある。

「素敵」

思わず、そんな言葉が出た。とても優雅なお菓子だ。一つの風景を、美しく表現している。

「いつも懇意にしている業者の上野《うえの》さんって方が、仕入れてくれたものなんです。本来『若葉蔭』は夏限定の生菓子で、七月の間しか売られないんですよ。今はまだ時期的には早いんですけど、今日はちょっと暑いですからお出ししました」

そう言うと、青年はお菓子の説明を始める。

「金魚が、葉っぱの浮かぶ水の中を泳ぐ姿をイメージして作られたものです。『若葉蔭』という名前も、そこから来ているわけですね。

外側の『水』の部分は、寒天と水飴《みずあめ》と砂糖を煮詰めて作ります。和菓子では『琥珀《こはく》』と呼ばれるものです。金魚は、白あんでできています」

説明に頷きながらも、里花は『若葉蔭』に目を奪われたままだった。

そこには、「世界」があった。ただ金魚と水と葉をお菓子の材料で形作っただけではなく、その組み合わせから感じられる空気、空間、雰囲気――そういう言葉にできないものまで感じ取れる気がする。そこにあるものだけで、そこにあるもの以上のことを表現する。茶の湯とか侘《わ》びさびとかって、割とそういうことだったたっけ。違ったたっけ。

「飲み物は、同じくとらやさんの抹茶グラッセです。冷やして飲む抹茶、という感じですね」

青年が、グラスを出してくれた。例の肉球グラスだ。

そこに満たされているのは、緑色の飲み物だった。氷が沢山入っていて、なるほど冷やし抹茶といった風情がある。お抹茶というと熱くて苦いという印象があるが、これならさらりと飲めそうにも見える。

「さあ、どうぞ」

青年が、優しくすすめてくる。里花は菓子楊枝を手にし、寒天から作られている外側の部分を切った。続いて先端部分で刺し、ぷるぷると震えるそれをそっと口に入れる。

「あ――」

何となく想像していたものよりも、ずっと落ち着いた味わいだった。有無を言わさず口の中を甘さで制圧してくるのではなく、そっと舌に載りゆっくりと溶けていく感じだ。

「ゆっくりしているだろう」

店長が言う。まさにその通りだ。緩やかな、甘さ。

その味わいを、自分もゆっくりと味わう。時間をかけて、ゆっくりお菓子と共に過ごすのである。

徐々に食べ進めて、里花は金魚に達した。切りかけて、少し躊躇《ためら》う。さっきとは理由が違う。単純に、この可愛らしい金魚を食べてしまうのが勿体《もったい》ないのだ。

「金魚はひとつひとつ手作りで、全部柄が違うらしいですよ」

青年が言った。そんなことを言われては、余計に食べ辛《づら》くなってしまう。

金魚は白地に、赤っぽい斑点《はんてん》がついている。可愛らしく、どこかユーモラスな感じもする。材料は、確か白あんだったか。つまり、今までのものとはまた違う口当たりの甘さがあるということなのだろう。

興味が湧《わ》く。しかし迷う。食べたい、食べられない。逡巡《しゅんじゅん》と葛藤《かっとう》を繰り返し、遂《つい》に里花は決断した。——食う！

「んんっ」

口に入れた途端、里花は目を見開いた。

——さすがに、もう少しはっきりした味わいがくるのだと思っていた。しかし、それは思い違いだった。とても、落ち着いた味だ。

白あん。餡《あん》と漢字にすればイメージできるような、ねっとり濃厚な甘さを想像していたわけではない。それはどちらかというと黒あんであり、白あんはさほど強烈に自己を主張はしない。とはいえ、これほどまで一歩引いた感じだとは思いも寄らなかったのだ。

「抹茶グラッセも、是非どうぞ。あまり置いておくと、氷が溶けて薄まってしまいますし」

青年に言われ、里花ははっと気づいた。そうだそうだ、飲み物もあったのだ。ひたすらお菓子ばかり食べていて、すっかり失念していた。

菓子楊枝を置き、代わりにグラスを手にする。伝わってくるひんやりとした感触からは、飲み物がしっかりと冷えていることが分かる。早速口をつけて飲んで、

「――っ！」

里花は目を白黒させた。これまた、味わいが事前の予想と異なっていたのだ。グラッセという言葉の響きとグラスに入った外見から、何となく口当たりのいい感じを里花は想像していたが、いやいやどうしてがっつりお抹茶である。

苦さの向こうから、幾重にも折り重なった複雑な味わいが立体的に浮かび上がってくる。これまた単にごくごく飲むのではなく、ゆっくり賞味したくなる。一度では分からない奥深さがあるのだ。

幾度も味わってから、次にもう一度『若葉蔭』に戻る。すると、すとんと腑《ふ》に落ちた。

「そう、か」

この味わいが、ベースなのかもしれない。下地にこれがあるからこそ、『若葉蔭』の繊細な甘さがより際立つのか。「茶菓子」と並べて言われる理由が、分かった気がする。互いが、互いを引き立てあうのだ。

「ゆっくり味わってみると、また違った側面に気づけるだろう。確かに涼を取ることができるような見た目だが、ただそれだけではないのだ」

店長が言う。

「人間でもそうだ。相手を見た目で何もかも判断するような者は、目に見えるものしか理解できない程度の奴だということでもある。皆が皆そういうわけでもない」

里花は頷いた。他の誰かに言われたら、綺麗事《きれい》をほざきおってと鼻で笑っていただろう。しかし、店長に言われると何だか素直に受け止めたくなってしまう。不思議なものだ。

「童《わっぱ》。あれは持ってきたか」

「はい、ありますよ」

青年が店長に差し出したのは、鉛筆をぶっとくしたような何かだった。錐《きり》などにも似ているが、ボディの部分はドライバーのような素材でできているように見える。先端部分は、金属めいた銀色の光を放っていた。観察しても、一体何なのかさっぱり分からない。

「ガラスカッターです。その名の通り、ガラスを切るための道具ですね。鏡も言ってみればガラスの一種なので、同じように加工できるんですよ」

里花が戸惑っていると、青年が説明してくれた。

「菓子でも食いながら、少し待っておれ」

店長はにやりとすると、まず真っ二つに割れた鏡の一方を枠から外した。続いて、その鏡をカウンターに置き、ガラスカッターで切り始めた。

「うそ」

里花は息を呑んだ。まず猫の手で苦もなくものを持っていることも腑に落ちないのだが、なにより手付きが極めつけに摩訶不思議《まかふしぎ》だった。

途轍《とてつ》もなく、鮮やかなのだ。何か下書きとかをすることもなく、フリーハンドでガラスカッターを動かす。それこそ鉛筆でノートに字を書くような形である。言うまでもなく、人が字の書き方を覚えるのは相当な練習を経てからなわけだが、同じようなレベルで店長は鏡を切ることに熟練しているのだろうか。

「さて」

ガラスカッターを引き終わると、店長は鏡を端に置いた。丁度、引いていた箇所が宙に浮く形だ。そのガラスカッターで鏡を裏から突くようにして叩《たた》く。そして両手で鏡を挟むようにして持つ。

「むっ」

店長が手に力を入れる。すると、煎餅《せんべい》か何かを割るように、鏡がぱきりと割れた。もっと正確に言うなら、ある形の「切り抜き」ができた。縁日の型抜きなどにも似た感じだ。

「よし、良くできたな」

店長は、ある形――すなわち猫の顔の形に切り抜かれた鏡を見て、満足げに頷いた。

「さて、次は材料だな。確か、この辺にあったはずだが」

そう言って、店長はいきなり姿を消した。続いてカウンターの向こう側、下の方からがさごそと物音がする。何事かと思いきや、どうやら探し物をしているらしい。

「あったあった」

店長が出してきたのは、沢山の革の端切れが入った箱といくつかの道具だった。道具はもんじゃ焼きのコテが巨大化したようなものや、隙間の狭いフォークのようなもの、先が丸い針など、一風変わったものが多い。トンカチや瞬間接着剤など、見慣れた感じのものもある。

「レザークラフトですか。久しぶりですね」

青年が言う。

「うむ。これはこれで楽しいものだ」

店長が、ニヤリと笑った。

里花は、言われた通り菓子を食べ抹茶グラッセを飲みながら、その過程を眺める。

店長は巨大コテを使って、革を切っていく。ぐにぐにと押しつけるような切り方で、猫がもんじゃ焼きを焼いているようにも見える。

「わっ、すごい」

切られた革を見て、里花は驚きの声を上げた。形は二種類。長方形のものと——猫の顔を象《かたど》ったものだ。猫の顔は曲線が多く難しいだろうに、とても綺麗に仕上がっている。

「ふふん。まだ驚くには早いわ」

店長が偉そうに言う。ひげがぴんと誇らしげに上を向いていて、何だか得意げである。

褒められて嬉《うれ》しいのだろうか。

次にフォークのようなものを革に刺し、トンカチで叩いて穴を開ける。そして、先が丸い針で縫い合わせていく。途中で鏡を入れ、瞬間接着剤で固定。それから更に縫い進める。

「できたぞ」

店長が言った。

猫の顔の形をした、コンパクトミラーである。鏡は、生まれ変わったのだ——とても、可愛らしい姿で。

「あとは、落款を押せば一丁上がりであるな」

そう言うと、店長はコンパクトミラーを裏向け、手の肉球をむにいっと押しつける。店長が手をどけると、そこには肉球のマークが押されていた。まるで、トレードマークのようである。

「これを、お主にやろう」

店長が、コンパクトミラーを差し出してくる。

「ありがとう、ございます」

そのあまりに見事な手並みに圧倒されたまま、里花はコンパクトミラーを受け取った。

「——む」

受け取ってから、里花は複雑な気分になる。店長の技術に対する驚愕《きょうがく》が一段落ついて、状況を冷静に見つめられるようになったのだ。

猫の可愛いコンパクトミラー。間違いなく、とても素敵な小物だ。たとえば駅でさりげなく取り出せば、周囲の女性が「あ、いいな」という目を向けてくるだろうし、職場で休み時間に取り出せば、同僚たちが取り囲んできて「それ凄《すご》く可愛いですね！」と賞賛されるだろう。

しかしそれは、いずれの場合においても、使う人間が並以上の女性である場合だ。里花みたいなダンプカーだと、想定される事態は全く異なったものになる。

たとえば駅でさりげなく取り出せば、周囲の女性のみならず男性まで「うわ、なにあれ」という目を向け、たとえば職場で休み時間に取り出せば、同僚たちが遠巻きに取り囲み「自分を可愛いと思ってるの？」と陰口を叩かれることだろう。

現実とは、かように冷酷なものだ。可愛い小物は、誰もが持てるものではない。持つには、資格がいるのである。

「あ、いい感じですね。絶対持つべきですよこれ」

だというのに、青年がやたらと推してきた。ノルマを達成しようとするアパレルショップの店員のようだ。そんな風に迫られると、断りにくくなってしまう。

「このこんぱくとみらぁで自分を見てみることだ。騙《だま》されたと思ってな」

店長が、里花の目を見てそう言った。

というわけで、結局押しつけられてしまった。家に帰って、晩ご飯（酢豚だった。ご飯大盛りで美味《おい》しく頂いた）を食べて、部屋に戻ってから、里花はコンパクトミラーを取り出した。

――このこんぱくとみらぁで自分を見てみることだ。騙されたと思ってな。

店長はそう言っていた。しかしそんなことを言われても困る。騙されたと思いようがない。何年ダンプカーをやっていると思っているのだ。

「うう」

――いや、それは嘘だ。本当は、心のどこかで開きたいと思っているのだ。喋《しゃべ》る猫が直してくれた、コンパクトミラー。そんなファンタジックなアイテムなら、何か魔法のようなことが起こるかもしれない。たとえば、里花が――可愛く見えるとか。

「ないない」

声に出して、里花はセルフ突っ込みを入れてしまう。まったく夢を見すぎだ。少し非現実を体験したからといって、現実を見なくなるとは。そう、夢を見すぎである。だというのに、なぜ自分はコンパクトミラーを開けようとしているのか？

「ああ、もうっ」

開けばいい。別に、中を見てもダンプカーがいるだけのことだ。そして、笑い飛ばせばいいのである。そう決めて、里花はコンパクトミラーを開けて覗《のぞ》き込み、

「えっ」

言葉を失った。コンパクトミラーの中の里花もまた、絶句していた。

――いや、鏡に映っているのは本当に里花なのだろうか？　目鼻立ちも、輪郭も、髪の毛も、見慣れた里花のものだ。しかしただ一つ、決定的に違うものがある。印象だ。遠回しな表現をやめて言うならば、綺麗、なのだ。

「うそ」

信じられない。綺麗などという表現を自分に使ったのは、多分生まれて初めてだ。人生初の奇跡が、今起こったのだ。

「いや、いやいや」

コンパクトミラーから目を離し、辺りを見回す。このコンパクトミラーは、確かに魔法のコンパクトミラーかもしれない。だが、その魔法は単に実際よりもよく見える補正がかかる魔法なのかもしれない。他の鏡で見たら、やはり元の木阿弥《もくあみ》ならぬ元のダンプカーなのではないか。

部屋の端に置いてある、姿見が目に入った。あれは毎日のように使っている。

そこには、いつもの体型、いつもの顔立ちのまま――綺麗になった里花の姿があった。

次の日は、朝から仕事である。起きてすぐ、里花はコンパクトミラーを覗き込んだ。そこには、やはり綺麗な里花がいた。寝起きのすっぴんなのに、普段のフル化粧の百万倍見栄えが良い。こんなことがあっていいのか――

そこまで考えて、里花はある可能性に気づいた。もしかしたら。

昨日は、夜遅くまで動転してそれから我に返って風呂《ふろ》に入って寝た。その間、誰とも会っていない。つまり、未《いま》だこの「綺麗になったかもしれない現象」は、他者の目を通しての評価がなされていないのだ。

もしかしたら。綺麗に見えているのは自分だけで、他の人からは今まで通りなのではないか？

だとしたら、この魔法はほとんど呪いである。折角綺麗に見えているのに、周囲からはいつも通りのダンプカー扱いである。いくらなんでもちょっと残酷すぎないか。

やはり、確認せねばならない。里花は、おそるおそる部屋を出て居間へと向かった。

『昨日、早くも気温が三十五度に達した岐阜県多治見《たじみ》市。住民の人々に、話を聞いてみると――』

居間では、朝の情報番組が流れていた。主婦の母はたまに内容に反応しつつ朝食を準備し、サラリーマンの父は新聞を読みながら朝食を取る。何十年と変わらない、今となってはやや古風かもしれない、我が家の朝である。

「三十五度って、暑いわねえ」

テレビにストレート極まりない反応をしながら、母は空になった味噌汁《みそしる》のお椀《わん》を下げる。父は別に自分でやるというのだが、そんな暇があったらちゃんと新聞を読めと母が頑強に主張するため、遂《つい》に父が折れたのだ。普通は食べ終わったものくらい下げろと妻が言い、夫は面倒くさがって中々やろうとしないもののはずなのだが、微妙なところで何かが変な夫婦である。——まあ、今の里花ほどではないけれど。

「おはよう」

俯《うつむ》き加減で居間に入り、椅子に座る。

「おはよう」

開いた新聞越しに父が返事をしてきた。これは顔を合わせて挨拶《あいさつ》するのを怠けているのではなく、母に言われた通りに一生懸命記事を読んでいるのである。やはり何かが変だ。

「あら、おはよう。早いわね」

お椀を持って流しに行きかけていた母は、立ち止まって振り返ってくる。

「えええっ!」

そして仰天のあまり両手で口を押さえた。そんなことをすればお椀は当然床に落下する。

幸いお椀は木製なので大惨事には繋《つな》がらず、こんこんというやや高めの音を辺りに響かせるだけに留《とど》まった。

「なんだ、なんだ」

父が、びっくりした様子で新聞を下ろす。

「なんだとっ！」

そして、里花を見て目を見開いた。ほぼ一貫して「なんだ」みたいなことしか言っていない。

「里花、あなたちょっとどうしたの？」

母はお椀も拾わずに駆け寄ってきた。

「どうしたのって、どういうこと」

目を逸《そ》らしながら、里花はそう訊《たず》ねる。

「どういうことって、ねえ」

母が声を掛け、

「うん」

父が同意する。

「ねえとかうんとかじゃ分からないよ」

ほんの少し――ほんの少し期待しながら、里花は促す。もしかして、ひょっとしたら。

「どういうことって、そりゃあ」

　母は言う。

「里花が、急にとっても綺麗《きれい》になったから」


　心なしか、化粧の乗りも良かった。体中に元気が漲《みなぎ》るような感じもした。

「いらっしゃいませ」

　しかし一番の変化が、同じ内容なのに仕事が随分と楽しくなったことだった。

「三十一円のお返しです」

　お客さんの自分を見る目が、明らかに違うのだ。女性客は羨望《せんぼう》の眼で見てくるし、男性客は露骨に意識してきて、お釣りを渡す時に手が触れればあたふたと戸惑ったりもする。

「お疲れさま」

　それまで里花に声を掛けてこなかったような、男性社員やバイトたちも次々に話しかけてくるようになった。

「お疲れさまです」

　しかし、それに対して浮かれるのは心の中だけにしておいた。長年にわたって輪の中心にいなかった経験は伊達《だて》ではない。男女問わず異性からちやほやされて調子に乗った人間の末路は、何度となく見ている。

「ねえねえ、内藤さん。そのコンパクトミラーってどこで買ったの？」

すると、女性社員やパートたちからもより親しく接してもらえるようになった。

「ふらりと入ったお店で、たまたまもらったんですよ」

想像上のものでしかなかった、「可愛い小物を羨《うらや》ましがられる」なんて展開を実体験することは、とても楽しかった。

「うそー、羨ましい。わたしも行きたい」

しかし、この流れにだけは手を焼いた。

「それが、本当に通りすがりに入ったお店で。どこか思い出せないんです」

嘘ではない。あの猫庵というお店に、里花は一度も行けていないのだ。同じ道を通っても、どうしてもたどり着けないのである。

猫庵は、幻のように消え去ってしまった。まるで、やるべきことは終わったと言わんばかりに。

「猫庵ってお店なんです。猫の庵って書いて、にゃあんて読むそうです」

名前を教えないのもいやらしいので、里花はそう言うのが常だった。結構な人が、名前を聞くなりスマートフォンで検索する。

「うーん、見つからないなあ」

しかし、結果はいつも同じだった。似たような名前のお店は沢山あるが、どれも違う。里花が行った猫庵は、その痕跡《こんせき》さえネット上にはなかった。

「根古庵《ねこあん》、猫缶——違うなあ」

店長の西浦《にしうら》ひかりなどは、事務室のPCを使い、里花の聞き違い記憶違いまで考慮して大量のパターンを調べ続けた。可愛いものが大好きな彼女は、どうしてもコンパクトミラーを手に入れたがった。

「あのね、内藤さん。これは、あくまで一つの提案なんだけど」

遂には、買い取ろうと交渉さえ持ちかけてきた。

「ごめんなさい、店長」

ひかりのことを信頼していて、休日出勤や棚卸しの残業など多少のお願いなら聞いている里花だが、こればかりは聞くことはできなかった。このコンパクトミラーのない生活など、もう考えられないというものだ。

しばらくした、ある日のこと。勤務時間が終わり、タイムカードを切ろうとバックヤードに入るなり、

「気をつけてもらわないと困るんだよ」

そんな叱り声が聞こえてきた。

「なんか今の子は怒られるとすぐやる気なくなっちゃうらしいし、あんまりがみがみ言いたくないんだけどさ」

ぷりぷりしているのは精肉担当の社員・青崎だった。

「値引きシール貼っちゃったら、もう間違えましたじゃ通らないからね。国産牛肉の利益率知ってる？　賢い学校行ってるんだから、計算できるよね？」

ざらざらした声で、ねちねちと叱っている。青崎は大体いつもこうだ。直接被害を受けることはないが、見ているだけで気分が悪いのでできるだけ近づかないようにしている。

「すいません」

謝っているのは、学生バイトの藤田だった。しゅんとしていて、華奢《きゃしゃ》で縦に長い体が普段よりも更に細って見える。

可哀想に、と里花は内心で思う。おそらく、値引きシールを貼り間違えたか何かしたのだろう。あれは意外と大変な作業らしいし。

「あ、内藤さん。おつかれ」

青崎が、にこやかに声を掛けてきた。今までは、こちらから挨拶しても目も合わさなかったくせに、えらい変わりようである。

「そういうわけだから、今後こういうミスはやめてね。分かった？」

青崎は、叱責を切り上げた。

「じゃあ、ちょっと色々フォローしてくるかぁ」

そして、ちらりと里花の方を見ながら大げさにそんなことを言うと、事務室を出て行く。

藤田はしばし肩を落としていたが、はっと里花に気づいてばつが悪そうに頭を下げた。

「どんまい」

自然と、励ましの言葉が口を突いた。普段他人のことにはあまり踏み込まないのだが、落ち込んでいる藤田の様子を見かねたのだ。

「ありがとう、ございます」

藤田は、目を白黒させながら礼を言ってきた。戸惑っているようだ。まあ、確かに里花から彼に声を掛けるのは初めてかもしれない。

「ちょっとね、青崎さん一旦《いったん》怒ると中々収まらないから」

気持ちを軽くしてあげようとそう言ったところ、藤田は首を横に振った。

「いえ、失敗したのは僕ですから。僕が悪いんです」

自虐的な皮肉でもなく、被虐的に自分を追い詰めるのでもなく。真摯《しんし》に、己の犯した過ちと向き合っている。

「ええと」

里花もベテランのスーパーマーケット店員である。スーパーで働くことを軽く見るつもりは毛頭無いが、それでも彼の姿勢は大げさに過ぎる。毎日やらかしているとかならまだしも、一度や二度でそんな裁判官に諭される被告みたいな顔をする必要はない。

「藤田くん、藤田くん」

そこで里花は歩み寄り、ぱんぱんと背中を叩《たた》いた。

「マジになりすぎだよ君！」

こういう子は往々にして損をする。真面目に何でもかんでも責任を背負い、遂に限界を超えて倒れてしまうか、男に何でもかんでも背負わせて楽するタイプの女性に捕まり、散々いいようにこき使われた挙げ句ぼろ雑巾《ぞうきん》のように捨てられるかのいずれかだ。

「わたしなんかねー、働き出したころ一万円札と五千円札間違えたことあるよ？　その頃はまだ自動じゃなくて、全部人が計算してたんだけどさ。すっごい体調悪くて、間違えちゃったんだ。新渡戸稲造《にとべいなぞう》の五千円札で——知ってる？　今のになる前のやつね。あれ、ものによっては万券と結構似てるのよ色が」

藤田は目を丸くして聞いている。信じられないのかもしれないが、本当の話である。樋口一葉《ひぐちいちよう》になってちょっと色味が変わった時には、同じようなミスを防ぐためではないかと密《ひそ》かに推測したものだ。

「あとで計算がぴったり五千円合わなくてね、その頃の店長は西浦さんじゃなくて福島《ふくしま》さんって人だったんだけど、『わざと？　友達か何かと組んで五千円抜こうとか考えてないよね？』とかあらぬ疑いは掛けられるし、足りない五千円は給料から引かれるし、散々だったんだ」

何とも苦い思い出であるが、ここは記憶の蓋《ふた》を開ける他あるまい。失敗した後輩を励ますのに、先輩の失敗談は大変効果的なのだ。

「反省したし、同じようなミスもしなかったよ。でもね、その時はこっそりお客さんも恨んでたんだ。だってそうじゃない。こいつ五千円と一万円間違えてるなってことくらい分かるでしょ？　だったら言ってよーみたいな。そりゃあ黙ってたら五千円の得かもしれないけど、もしそこで教えたら五千円出しても買えないくらいの徳が積めるよーみたいな。万一地獄に落ちてもさ、もう蜘蛛《くも》の糸どころじゃないよ。わたしと新渡戸稲造が命綱つけて降りてくよ。そんでクレーンゲームみたいに釣り上げるよ」

ははは、と藤田が笑う。空気が確かに変わった。狙いは、まあ成功と言っていいようだ。

「値引きシールのつけ間違い？」

聞いてみると、藤田は恥ずかしそうに頷《うなず》いた。

「はい。高い牛肉に五割引きのシールつけちゃって、気づいた時には持っていかれちゃってて。すぐに気づいたんですけど、その時には遅くて」

「あー、そっかー」

殊更《ことさら》、大きく頷いてみせる。

「でも、その言いようだと一つでしょ？」

藤田も頷いた。その背中を、再びぱんぱん叩く。

「一個ならいいでしょー。青崎さんの発注ミスでもっと損害でたこととか普通にあるよ」

あまり上長を下げるようなことを言うべきではないが、青崎の怒り方には問題がある。このくらい暴露されても文句は言えないはずだ。

「そうなんですか」

藤田は、ざまあみろみたいな顔はしなかった。素直に驚いている。陰口で喜ぶ人間ではないということか。まったく、好青年である。

「まあそういうわけで、失敗は誰にでもあるよ。元気出して」

「ありがとうございます」

藤田が、また笑った。先ほどよりも、朗らかな笑顔だ。よし、一段落でいいだろう。

「それじゃ、また何か相談したいことがあったらいつでも言ってくれていいから」

タイムカードを切ろうと歩き始めると、藤田が追いかけるように声を掛けてきた。

「あ、ならお願いしたいんですけど」

彼が申し出てきたのは、メッセージアプリのアカウントの交換だった。

アプリを開いてみる。最近やり取りした相手は、言うまでもなく父と母だ。家族間の連絡手段にしか使っていないわけだ。そもそも、男性と交換したこと自体初めてである。

「いや、いやいや」

男性と交換、というのはどういうことだ。意識しすぎである。今時の若者である藤田からすれば、いつでも相談しろと言われたからいつでも相談できるように連絡先を聞いただけのことだろう。別に、深い意味はないに違いない。

もし連絡があったとしても、それは当然なにがしかの相談事だろう。たとえば、レジのバイトの鈴木理絵《すずきりえ》ちゃんが好きになったとか。ありえる。理絵ちゃん可愛いもんな。髪の毛さらさらだし。めっちゃ細いし。

変に妄想が広がる。気分も落ちていく。ああ、まったく自分は何をやっているのか——

『こんばんは！』

いきなりメッセージが来た。差出人は『ひで』。すなわちあの藤田英幸くんである。

慌てて既読をつけ、それからメッセージを返す。

『こんばんひ』

痛恨のミスだ。最初の一言目でいきなりこれとは。指が太いせいかスマホの入力は得手ではないのだが、こんなことならもう少し練習しておくべきだった。レジの入力はできるのだから、スマホだってやればできるはずなのだ。

『今日はありがとうございました』

藤田は話を先に進める。こんばんひというのが里花の通常の挨拶《あいさつ》だと思ったらしい。何だか痛い人みたいなので訂正したいのだが、しかしどう否定したらいいのか分からない。などと考えている間にも時間が経っていく。これでは既読スルーしてしまったかのようだ。何か、ありきたりでもいいから答えねば。

『気にしない気にしない！』

何とか切り抜けた。よし、これで体勢を立て直して——と思う間もなく藤田がスタンプを貼ってきた。どこかのゆるキャラのものだ。スタンプというと、母が使ってくるアプリの公式キャラの無料スタンプくらいしか普段見ないので、何だかひどく新鮮である。

と言っている暇もない。向こうがスタンプで反応したということは、会話のボールはこちらにあるということになる。早く投げないと。

『元気出た？』

何がどうとは言えないが、なんかちょっとどうなんという感じの発言である。もう少し他に言いようがあった気がしてならない——

『はい！　内藤さんのおかげで、前向きになれました』

——どきり、とした。いや、別に普通の言葉である。だというのに、何か、胸の奥へ一歩近づかれたような、そんな感じがしたのだ。

里花はスマートフォンから目を離し、天井を見る。何かが、本当に変わる。そんな予感がした。

里花と藤田は、少しずつメッセージアプリでやり取りするようになった。

話の内容は、他愛ないものだった。今日は雨だとか、明日は晴れるかもしれないとか。このニュースで驚いたとか、ネットで面白い画像を見つけたとか。

彼が、行きつけらしいカフェのセットを撮って送ってきたりした。こじゃれた感じに狼狽《うろた》えつつ、いっそのこと母が作ったでかいトンカツの写真を撮って「こんなのばっか食ってるから太るんだよねｗｗ」とか返そうと思ったが、反応に困るだろうからやめた。

スタンプも、無料のものを色々入れてみた。これが結構便利で、文字で打つといまいち事務的で味気ない言葉や、繰り返すと単調になってしまう相槌《あいづち》などを、上手《うま》く丸めて表現してくれるのだ。メッセージアプリの利用者なら小学生でも知っているようなことを、今更学んだ里花だった。

少しずつ、里花は彼のことを知っていった。地元が遠くて、学生マンションで下宿していること。一人暮らしをするようになってから料理を始めて、しょっちゅう失敗していること。

学部は経済学部で、難しい本を沢山読んで基礎を勉強していること。意外と寝起きが悪くて、朝の講義によく遅れかけていること。高校の頃は、放送部にいたこと。今は、天文サークルに入っていること。ロックバンドのライブに行くこと。実家で大型犬を飼っていること。真面目なこと、時々落ち込むこと、優しいこと――

一つ一つは、何ということもないことだ。だが、それら全てが積み重なっていくうちに、「藤田英幸」という存在が少しずつ重みと厚みを持って行くように感じられた。

一方、店で話すことはあまりなかった。部署が違うし、シフトの時間もいつも合うわけではない。近いようで遠い、遠いようで近い距離感。

それを、里花はいつしかじれったく思うようになっていた。だが、だからといって、もう一歩踏み出す勇気も持てなかった。

休み時間の事務室。周囲に誰もいないタイミングを見計らって、こっそりコンパクトミラーを開いてみる。

映るのは、綺麗《きれい》な里花だ。これなら、もしかしたら――なんて思いかけて、いやいややっぱりと首を振る。相手は花の大学生、こちらは三十路《みそじ》のレジ担当。ちょっと綺麗になったくらいでは、到底越えられない溝がある――

「お疲れ様です」

いきなり声を掛けられ、里花はコンパクトミラーを落としそうになった。すんでのところで確保する。危ない、危ない。もう一度割れたらさすがに復活できないだろう。

「すいません、大丈夫ですか？」

ほっとする里花に、声を掛けてきた相手が言う。藤田だ。

「うん、うん。大丈夫だよ」

一回目の「うん」が、少なからず上ずってしまった。動揺しすぎである。変に意識していることを、気取られてしまうのではないか。

「あの」

いきなり、藤田が真面目な顔をした。その目は、真っ直ぐ里花を見つめている。

「なに？」

ややたじろぎながら、聞き返す。

「今度、両方がシフトない時、ご飯でもどうですか」

——生まれて初めて、男の人にデートに誘われた瞬間だった。


デートとなると、必要なのが服である。服屋さんに行くしかなかった。入念にリサーチを重ね、自分のような体型の人間も受け入れてくれるタイプのお店へと行くことにした。

選択肢はネット通販かデパート。迷ったが、デパートに行くことに決めた。自分で選ぶ自信はない。どうしても店員さんの協力が必要なのだ。

結論から言うと、結構いい服が選べた、と思う。デザインは控え目だけど、明るい色のワンピース。結構人目を引く感じで勇気が要ったが、鏡に映った姿は中々いい感じだった。

――本当に、驚きだった。自分で自分のことを「いい感じ」なんて表現する日が来るなんて。


デートの当日は、すぐにやってきた。わくわくしながら待っていたが、一方で何だか怖いような気もした。まったく、自分で自分が可笑《おか》しい。バレンタインにチョコレートを渡す女子高生でも、もう少し堂々としているだろう。

待ち合わせは、十二時にターミナル駅の駅前広場。店の人間に見つかったらどうしよう、なんてことを考えて不安になる。十年以上働いてそんなことは一度もないのに、今更起こるはずもない。

だけど、起こるはずもないと言えば、里花がデートに誘われているというこの状況自体がそもそも起こるはずもない。そう考えると、何が起こってもおかしくない。同僚に見つかるくらいはなんてこともない。いきなり異世界に転生するとか、ゾンビが大量に発生して大パニックとか、そういう急展開に巻き込まれても不思議ではない気がする。

――少し、いやかなり、想像があらぬ方向へと飛んでいった。待ち合わせ場所に三十分も早く来て、ぼんやり待っているからそんなことになるのだ。馬鹿なことを考えている暇があったら、もう一度化粧をチェックしないと。

里花は、コンパクトミラーを取り出した。猫の顔の形をした、可愛いコンパクトミラー。周囲の視線が集まるのを感じる。未《いま》だにちょっと慣れない。里花の見た目と里花の生活を一変させてくれたこのコンパクトミラーだが、遂《つい》に里花の性格はどうにもできなかったらしい。

そんなことを考えながら、コンパクトミラーを開いて覗《のぞ》き込み、

「——えっ」

里花は凍りついた。

鏡の中の里花もまた、凍りついていた。道行く艶《あで》やかな女性たちよりもダンプカーの方が近いような、「まんまるお姉ちゃん」なんてあだ名が丁度いいような、そんな顔立ちの里花が。

「うそ、うそ」

通りすがりの男性が、ちらりと里花を見た。その視線に、里花は震え上がる。今、彼は思ったのではないか。何だこの女、似合いもしない服を着て、無理に可愛いコンパクトミラーを持って。身の程知らずだな——なんてことを。

どうして、なぜ。コンパクトミラーを閉じる。もう一度開ける。中にいるのは、やはり

「まんまるお姉ちゃん」だ。もう一度閉じる、ひっくり返す。元に戻す――いや、待てよ。

何か、見た目が違う。もう一度コンパクトミラーをひっくり返し、はっと里花は気づいた。そこにあったはずのもの――店長の肉球マークが、ない。

このことは、何を意味しているのか。使っているうちに消えてしまった、みたいな感じではない。ひとりでに消えたように思える。――たとえば、魔法の力の期限が切れてしまったから、とか。

怯《おび》えながら、周囲を見回す。何人もの通行人と、目が合う。老若男女、その全てが里花を嘲笑《ちょうしょう》しているような気がする。

里花は立ち竦《すく》んだ。魔法の力でお姫様に変えてもらい、まもなく時間切れだというのにそれにも気づかずパーティーに居座り、遂には無様な姿を晒《さら》した、最高に間抜けなシンデレラ。それが、自分ではないのか。

「内藤さん」

この場で、一番聞きたくない声が聞こえてきた。咄嗟《とっさ》に里花は顔を伏せる。彼には、彼にだけは、こんな顔を見られたくない。

「すいません、待たせてしまって」

藤田がそんなことを言う。里花が早く来すぎただけなのに、彼は申し訳なく思っているのだろう。本当に、いい人だ。

一方、自分は最低だ。里花は、ようやく気づいていた。魔法のコンパクトミラーの力で変身させてもらっただけなのに、里花はいつしかそれを自分の価値だと思い込んでいたのだ。そのばちが当たったのだ。

「ごめん、やっぱり今日いけないかも。わたしなんかが、ご飯とか。調子乗りすぎみたいな」

里花の口から、そんな言葉が飛び出した。理不尽極まりないことを言っているのは分かる。しかし、無理だ。無理すぎる。こんな姿で、男の子と外なんて歩けない。

「そんなことないですよ」

藤田が言う。その優しさが、今は辛《つら》い。きっと、彼は同情したのだ。里花がメッセージアプリのやり取りを通じて藤田のことを分かっていったように、藤田も里花のことを理解していったのだ。そして、モテなくて独りぼっちの女が可哀想なので、相談に乗ってくれた礼に飯でもおごってやるかくらいに思ったのだろう。

「わたし可愛くないし、一緒に歩くの恥ずかしいでしょ」

言いながら、自分が傷つく。認めたくない現実を、自分で自分に突きつけるという、苦痛。

「こんなおばさんとご飯なんて、楽しくないじゃない。藤田くんも、無理しなくていいから」

「そんなこと、ないです！」

今まで聞いたことがないほど、大きな声だった。周囲の視線が集まる。

「すいません、その、怒鳴って言うことを聞かせようとかそういうのじゃなくて」

出した本人も、狼狽えている。

「――ちょっと、来て下さい」

いきなり、藤田が里花の手首を摑《つか》んだ。ぐい、と引っ張ってくる。

「え、いや、でも」

体重は間違いなく里花の方が重い。えいやっと踏ん張ったら、動かざること山の如しだろう。しかし、どうしたことか里花は抵抗できなかった。摑んで引っ張ってくるその感覚が、なぜか――どきどきするのだ。

「見て下さい」

しばらく引っ張り回した挙げ句、ようやく藤田は立ち止まった。

それは、雑貨屋のショーウィンドウだった。光の加減もあり、二人の姿がよく映っている。

「恥ずかしがることないです。里花さんは、とても素敵です」

里花、と呼ばれて胸が高鳴る。きっと、多分、嬉《うれ》しい。――でも。

「そんなことないよ、わたし、そんなのじゃないよ」

里花は否定した。ショーウィンドウからも目を逸《そ》らす。

「いいから、見て下さい」

藤田が、しつこく促してくる。いやいや、里花はショーウインドウに目を向けた。

そこには、里花がいた。可愛らしいワンピースを着た、可愛くない女がいる。

「素敵じゃないですか」

なのに、藤田はそんなことを言う。

「確かに、モデル体型とかそんなんじゃないです。でも、里花さんには里花さんの魅力があります」

どんどん、言葉を重ねる。

「働き出した頃から、あなたのことを見てました」

ただの言葉ではなく、とても――核心に迫る話。

「周囲のことをよく見てて、どんなにレジに人が溜《た》まってもどんどんさばいていって。この人凄《すご》いなって思ったんです」

里花は、藤田の――英幸の顔を見上げた。そんなところまで、英幸は見ていてくれたのか。

「そうして見てるうちに、段々里花さんのことが、気になるようになって」

そんな里花の目を見返して、英幸は言った。

「でも、里花さんに近づく男の人っていなくって。みんな分かってないなって思ってました。これならライバルいないな、とかちょっと安心してて。そうしたら、何か急に人気が上がるようになって。口説こうかな、とか言い出す人もいて。焦ったんです」

そこまで一気に喋《しゃべ》ってから、英幸は目を逸らした。急に我に返ったように。

「そしたら、怒られた後で励ましてもらえて。嬉しくて、それからチャンスだなって思って、声を掛けたんです。アカウント交換できて、超嬉しかったです」

初めて連絡先を交換した時の自分を思い出す。おろおろして、ドキドキして。もしかしたら、英幸も同じようにドキドキしていたのだろうか。そう思うと、何だかくすぐったい。

「でも、その時は少しは良かったかもしれないけど。今は駄目でしょう」

しかし、そのくすぐったさを押し殺すようにして、里花は呟《つぶや》いた。英幸が言っているのは、あくまでコンパクトミラーの魔法が効いている間のことだ。今の里花は、そうではない。

「そうですね。素敵って言いましたけど、やっぱり駄目です」

英幸が言った。ぐさり、と突き刺さる。より落ち込む。やっぱりそうだ、自分は駄目なダンプカーなのだ――

「そうやって、暗い顔をして。卑屈になって、そんな里花さんは、駄目です。――笑って下さい」

俯《うつむ》く里花に、英幸はそんなことを言った。

「でも」

「でもじゃないです。さあ」

何度も言われ、仕方なしに里花はショーウインドウに向かって笑ってみる。

「――変わらないじゃない」

ふてくされて、里花は表情を戻した。単に、唇の端が吊《つ》り上がっただけだ。何も変わらないではないか。

「そうじゃないですよ。――うーん」

しばらく考え込む様子を見せてから、いきなり英幸はよしと頷《うなず》いた。そして咳払《せきばら》いをし、姿勢を整え、

「値引きシール貼っちゃったら、もう間違えましたじゃ通らないから」

いきなり精肉担当社員・青崎の真似を始めた。声色、アクセントそっくりだ。

「ぅいーす」

やる気のないバージョンの挨拶《あいさつ》まで完全コピーである。あまりの似すぎっぷりに、

「ふふ」

つい里花は笑ってしまった。

「ほら、それです。もう一度ショーウインドウを見て」

英幸が、言う。

「今の自分、あなたにはどう見えますか？」

里花は、息を呑《の》んだ。ショーウインドウに映るのは、あのコンパクトミラーの魔法がかけられた時の里花の姿。とても、綺麗《きれい》な里花だ。一体、どういうことなのか。

「分かりましたか？　心から笑った時、あなたはとても素敵なんですよ」

英幸も、嬉しそうに笑う。

「いつか、子供に『まんまるお姉ちゃん』って言われてたじゃないですか。あの時も、里花さんは子供にとても素敵な笑顔を見せてたんです。嬉しくなった子供が、上手《うま》く表現できなかっただけで」

——ようやく、里花は理解した。あのコンパクトミラーにかけられていたのは、里花を綺麗にする魔法ではない。里花の、心からの笑顔を映し出す魔法だったのだ。

「だから、自信を持って下さい。里花さんは、素敵なんです」

英幸が、言ってくる。一生懸命、思いを伝えてくる。

「やめてよう。自信持つとか、自惚《うぬぼ》れてるみたいで」

しかし、まだ里花は素直になれなかった。勇気が持てない。どうしても、自分を魅力的だと思えない。

「自惚れたっていいですよ」

そんな里花に、英幸は言い放った。

「少なくとも僕の前では。僕にとっては百パーセント事実ですから、そもそも自惚れにならないです」

今度こそ、もう何も言えなくなった。

「里花さんは、自分なんかと一緒にいてもいやだろう、みたいなことを言ったでしょう。でも、全然そんなことないです」

英幸は、立ち尽くす里花の手を握ってくる。

「僕は、あなたと一緒に――歩きたいです」

「――うん」

里花は、そっとその手を握り返した。

「わたしも、そうしたい」

そして、英幸の目を見つめて言う。

「あ、えと、はい」

いきなり、英幸は頬を染めて狼狽《うろた》え始めた。勢い任せで喋り続けていたけれど、我に返って急に恥ずかしくなった――というところか。

「可愛いね、英幸くん」

ますます英幸が赤くなる。耳まで真っ赤だ。散々人を引っ張り回して、公衆の面前で口説くようなことをしておいて、今更何を照れているのか。まったく、もう。

少し呆《あき》れながらも、里花は思う。彼と一緒なら、きっと心から笑うことができるに違いない——と。

三章　ライバル出現？　年代物の道具袋

「店長、何やってるんですか？」

青年が、店長にそう訊《たず》ねた。

「庵主《あんしゅ》と呼べと言っておるだろう」

店長は、不満げに返す。

「何だか、やりにくそうにしてますけど」

店長の言葉を無視《スルー》して、青年は店長の手元を覗《のぞ》き込む。

「布を切ってるんですか？」

店長は、裁ちばさみで布を切っていた。

「わし用の座布団を作ろうと思ってな」

「座布団ですか。腰でも痛めましたか？　おじいちゃんみたいですね」

「やかましい」

普段なら、「年寄り扱いするとは失礼な！」とか「わしの健康年齢は若者並みだ！」とか怒る店長だが、この度の反応は妙に鈍い。

「うぅむ」

どうも、問題は布を切る作業にあるようだった。いつもの見事な手並みは影を潜め、いかにも悪戦苦闘している感じなのである。

「どうしたんですか？　何だか、やりにくそうですけど」

青年が、不思議そうに訊ねた。

「そうなのだ」

店長は、布を切る手を止め、はさみをカウンターの上に置く。

「この裁ちばさみ、どうにも切れ味が落ちてきてな」

言いながら、店長は頬杖《ほおづえ》をついた。手に押されるようにして、顔がむにぃと変形する。

元々不満げだった表情が、余計にふてくされたものに変わる。

「ああ、結構長いこと使ってますもんね」

青年が、店長の後ろからはさみを覗き込んだ。

「錆《さ》びたりはしてないみたいですけど」

「うむ。単に鈍って来たのだろう」

「上野《うえの》さんに頼んで、何か仕入れてもらいますか？　でも、変なの頼んじゃだめですよ。『ライト兄弟が飛行機の翼に使う布を切ったはさみ』とか、そういういかにも怪しげなものは禁止です」

青年の先回りしたようなお小言に、店長はむーっと不満げな表情を見せる。

「骨董品《こっとう》を普段使いはせん。あくまで使い勝手の良さと、手に馴染《なじ》んだ感触とが優先だ」

「じゃあ、どうするんですか？」

「研ぎ直すのだ」

店長は、不満げな表情のままそう言った。

「気が進まぬが、あそこへ行くしかあるまい」


看板を片付け、店の扉に「本日閉店」とぶら下げ。青年は手提《てさ》げ鞄《かばん》を持ち、店長は手ぶらでのしのし歩き、とある店へと向かった。

大きさは、猫庵《にゃあん》と同じくらい。入り口にはのれんが掛けられ、店の前には行灯《あんどん》が置いてある。まだ日中なので灯《あか》りはついていないが、オブジェとして風情を醸し出していた。

それらの飾りや、京都の町家を彷彿《ほうふつ》とさせる建物そのものの外装と併せ、猫庵よりも更に「和」の方向へ振った印象がある。

「まったく、まったく」

その店の前に立つなり、店長は不満げに唸《うな》った。いや、本当のところはずっとである。道すがら、「どうしてわしが」だの「向こうに来させればよかった」だの「童《わっぱ》が研ぎの技術に優れておれば、こんなことにはならずともすむのに」だのと、延々文句を垂れては青年を辟易《へきえき》させていたのだ。

「一体何が――」

店の入り口にかけてあるのれんの文字を見て、青年が絶句する。

「店長、もしかして」

のれんには、店の名前が書かれていた。――『お手入れ処　犬庵』と。

「うむ」

店長が、実に忌々《いまいま》しげに腕を組む。それを見下ろしながら、強張《こわば》った顔で青年は訊ねた。

「ここから、パクったんですか？　店の名前」

「違う！」

店長は、その場をばたばたと転がり回って悔しがった。

「あっちだ！　あっちがわしのあいであを剽窃《ひょうせつ》したのだ！　わしがおりじなるなのだ！」

「本当ですか？　怪しいなあ」

青年の顔は先ほどと打って変わってニヤニヤとしたものになっていて、冗談を言ってからかっているのだということがよく分かる。

「で、ここはどういうお店なんですか？」

ひとしきり店長を悔しがらせてから、青年が訊ねた。

「入れば分かる」

店長が、そんなことを言う。

「失礼しまーす」

がらがらと扉を開け、青年は店の中へと足を踏み入れた。

カウンターやテーブル席があり、喫茶店を思わせる猫庵とは雰囲気がまったく違う。入るとそこは土間であり、靴箱が備え付けられている。

一段上がった店内は猫庵よりはやや狭い。畳敷きで、座布団を置いた座卓が四つ並んでいる。座卓の上には一輪挿しの花瓶が置かれ、それぞれ違う色の花が生けられている。

天井からは、和紙で作られたちょうちんのようなランプシェードが下がり、中の電球の光が店内を優しく照らしていた。店の奥には一際大きな座卓が鎮座し、その後ろの壁には勝手口がある。

「ふん。相変わらず店だけは立派だな。畳や座卓に金を使いすぎて、赤字になっておるやもしれぬがな」

店長が、やたらとふんぞり返りながら続いて入ってくる。

「何を威張っているんです。それとも威嚇しているんですか？　猫なら背中を丸めて威嚇した方が、まだそれらしく見えると思いますけど。今の店長だと、『かーわーいーいー』って言われて終わりですよ」

「なにー！」

「聞き覚えのある声だな」

青年と店長がいつも通りのやり取りを繰り広げていると、店の奥からそんな声がした。

続いて勝手口が開き、何者かが姿を現す。

「ふん。誰かと思えばデブ猫ではないか」

入ってきたのは、柴犬《しばいぬ》だった。メインの毛色は黒――いわゆる黒柴だ。四本足は白く、目の上の丸くて白い毛が、マロな平安貴族の眉毛《まゆげ》のようである。

「どの面下げてこの店に来た。ああ、それは聞くまでもないな。下げてきたのはその間抜け面だ」

黒柴は、後ろ足二本で立って歩いている。店長と全く同じだ。

「うわ、びっくりした」

そんなことをいう青年の目は、真ん丸に見開かれていた。彼にしては珍しく、心の底から驚いているらしい。

「店長や上野さん以外にも、こういう方いらっしゃるんですね」

「まあな。上野さんはともかく、わしとこの犬っころでは全てにおいて天と地ほどの差があるが」

土間に突っ立ったまま、店長が言う。

「何をほざくか、デブ猫め。——まあよい、来たからには上がっていけ」

黒柴は、手拭《てぬぐ》いを店長に放り投げた。店長は受け取ると、後ろ足を拭《ふ》いて畳の上に上がる。

「あ、自分もお邪魔します」

靴を脱いで靴箱にしまうと、青年も店長に続いた。

「何の用だ、デブ猫」

「わしの店の名前を盗んだ挙げ句潰《つぶ》れそうな店に仕事を持ってきてやったのだ、犬っころ」

あまり友好的ではない感じで、犬と猫の会話が始まる。

「ははは、冗談が上手《うま》くなったなデブ猫」

「冗談など言っておらぬ。猫庵と書いてにゃあん。このせんす溢《あふ》れるねぇみんぐは、このわしが考えついたものだ」

「何を言うか。犬庵《いぬあん》と書いてわあんと読むわしの庵の模倣だろう。恥ずかしげもなくよく
やるものだ」

会話が進めば進むほど、険悪さも増していく。

「へえ、わあんとお読みするんですね。面白いですね」

一方、青年は特に憂慮する様子もなく呑気《のんき》に眺めていた。

「ほんと、猫庵と発想が同じですよね。確かにどっちが先なのか気になります」

「わしだ」

犬と猫が同時に青年を見て、同時にそう答えた。そして同時に向き直り、同時に歩み寄り、鼻を突き合わせるような距離で睨《にら》み合う。

「どうやら、決着をつけねばならんようだなデブ猫」

「面白い。望むところだ犬っころ」

黒柴が両手を腰に当てて目を剝《む》けば、店長はもふもふの毛をぼわっと広げるようにして睨み返す。

「お疲れ様です」

一触即発というタイミングで、土間に一頭のパンダが現れた。背中には、大きな荷物を背負っている。

「おや、猫庵さんも来てるんだね」

上野さんは、店長を屋号で呼んだ。三河屋《みかわや》という酒屋の主《あるじ》を三河屋さんと呼んだり、八《や》百《お》八《はち》という八百屋の主を八百八さんと呼ぶようなものである。

「あ、上野さん。こんにちは」

青年が、のほほんと挨拶《あいさつ》する。実のところこんなことになってしまったのは彼の発言にも少なからぬ原因があるのだが、特に責任などは感じていないらしい。

「こんにちは。――犬庵さん、ちょっとお邪魔しますね」

黒柴も屋号で呼ぶと、上野さんは店長がそこら辺においていた手拭いで四つの足を丁寧に拭き、畳に上がった。

「丁度いい、上野さん」

店長を睨みつけたまま、黒柴が言う。

「今から、わしとこやつは長きにわたる因縁に決着をつける。その見届けを頼みたい」

黒柴を睨みつけたまま、店長が言う。

「はいはい、お任せあれ」

荷物を下ろして店の壁にもたせかけると、上野さんは二人の脇に立った。

店長と黒柴は互いに距離を取ると、四股《しこ》を踏んだ。塩を撒《ま》く真似をして、それから向かい合い、前屈《まえかが》みにしゃがみ、一方の前足を地につける。

「待ったなし」

その横で、上野さんはどこからか取り出した扇子をぱっと開き自分の顔をぱたぱたと扇《あお》いだ。扇子には、中国語でパンダを意味する熊猫という字が書かれている。

その扇子を軍配代わりにして、上野さんは掛け声を掛ける。

「はっけよーい、のこった」

そして、戦いが始まった――かに見えたが、そんなことはなかった。黒柴が早く動きすぎ、立ち合いの呼吸が合わなかったのだ。

店長と黒柴は一旦《いったん》離れ、まわしの代わりに腰の辺りをぱんぱん叩《たた》いたりする。黒柴は手拭いを出して顔を拭いたりする。

「なにそんな細かいところまで再現してるんですか。皆さん相撲お好きですすね」

青年が呆《あき》れたように言う。確かにそれももっともで、たとえば犬はほとんど汗を掻《か》かないため人間の力士のように顔を拭く必要はない。

「本気で戦うと、どちらかが屍《しかばね》を晒《さら》すことになるからな」

店長がそんなことを言えば、黒柴も言い返す。

「その通りだが、一つだけ間違っていることがある。屍を晒すのは、どちらかではない。デブ猫の方だ」

「単にみんな相撲が好きなだけなんだけどね。はい、待ったなし」

上野さんの掛け声で、再び店長と黒柴は向かい合う。

「はっけよーい、のこった」

今度は、完全にタイミングが合った。店長と黒柴が、ばいーんとぶつかり合う。

意表を突いて体をかわす「変化」もなければ、突っ込んでくる相手の顔を横からはたいて牽制《けんせい》することもない。正々堂々、正面からのぶつかり相撲である。

「のこったのこった」

がっぷり四つに組み合い、一進一退する。身長は黒柴の方があるが、その分店長は下から突き上げるようにして押し込む。戦いは、互角と言えた。

「ぬうう」

「むぐぐ」

両者とも必死の表情である。一歩も譲らず、一方が押し込めばもう一方が押し返す。お互いひげも尻尾《しっぽ》もぴんと張っていて、全身全霊を掛けて相撲を取っていることが如実に分かる。

「これ、どっちが勝ったときに座布団投げたらいいんですかね」

対照的に、青年は実にリラックスした姿勢で観戦している。

「たーのこったーのこったー」

上野さんの声が響く。双方疲労困憊《こんぱい》の極みと見えたところで、店長が勝負に出た。

「ハアァァ！」

気合い一声、投げを打ったのだ。

「なんのおお」

黒柴が必死で踏ん張り、店長が体勢を崩す。このまま店長が倒れて勝負あり――かと思いきや、店長も簡単には倒れなかった。丸々とした体をぷるぷる震わせ、尻尾をぱたつかせ、粘りに粘る。そのため黒柴もまた体勢を崩し、最終的には両者同時に倒れ込んだ。どてっともどしゃっともつかない派手な音が、辺りに響く。

「わ、わしの勝ちだ！」

店長が叫んだ。体を起こし、はあはあと肩で息をしている。

「何をほざく！　先に倒れたのはデブ猫の方だろう！」

黒柴も、同様に自分の勝利を主張した。こちらもやはり、舌を出して荒い息をついている。

「わ～あ～ん～」

上野さんはふーむと考え込んでから、黒柴に扇子を向けた。

「はっはっは！」

黒柴が胸を反らし、

「馬鹿な！　あり得ぬ！」

店長はつぶらな目を更に見開いて叫ぶ。

「童《わっぱ》！　物言いをつけるのだ！」

店長が、青年にそんな指示を出した。

「ええっ。分かりませんよそんなの。僕ただの観客ですし。座布団投げる以外参加しませんよ」

話を振られて、青年は困った様子を見せる。

「童は勝負審判だ。行司が差し違えた、すなわち誤審した時には審査せねばならぬ」

店長が、その場によっこらせと座り直しながら言った。

「紋付き袴《はかま》着てて、たまに土俵に上がってマイクで喋《しゃべ》ったりしてる人いるでしょ。あれあれ」

上野さんが、説明を加える。

「じゃあ、引き分けで。座布団投げます？」

「駄目だ。近年大相撲の取り組みが引き分けで終わることはないし、座布団を土俵に投げるのは横綱が負けた時だ。わしは負けていないので投げることはない」

青年の適当な態度に、店長が不満も露《あら》わに言う。

「なんだデブ猫、弟子に相撲のいろはも教えていないのか。ちなみに横綱はわしだ」

タオルで顔を拭きながら、黒柴が呆れたように言った。

「こやつは相撲を見ようとせぬ。すぽぉつはふぃぎゅあすけぇとばかり見るのだ」

「むっ」

店長の言葉に、青年がかちんときた表情を見せた。

「何ですかその言い方。フィギュアバカにしてません？　そういえば、毎回『採点競技は基準がよく分からぬわ』とか言いますよね。あれ失礼ですよ。表現という芸術性とテクニックという身体性が、高度に融合してるってことなのに」

相撲に対してはアバウトな姿勢だったのに、自分の好きなものに対しては大変熱心である。まあ、誰しもそういうものではあるが。

「お、おい犬っころ。何とかせんか」

「知らぬ。お前の弟子だろう」

青年の剣幕に押された店長と黒柴《くろしば》は、抱き合って後じさる。ふさふさの店長の毛に、黒柴が埋まるような形だ。両者共に尻尾を丸めて足の間にしまい込み、完全に降参モードである。

「やれやれ」

そんな様子を見ながら、上野さんは体を起こし肩を竦《すく》めたのだった。


青年の説教は長々と続いたが、「用事があるんじゃやなかった？」という上野さんの言葉でようやく一段落した。みなで座卓を囲み、話を先に進める。

「この裁ちばさみなんですけどね」

青年が、鞄《かばん》からケースに入った裁ちばさみを取り出した。

「ちょっと、切れ味が悪くなっちゃって」

言って、座卓の上に置く。

「どれどれ」

黒柴はケースから裁ちばさみを取り出すと、顔の前に持ってくる。

「なるほどな。使い込んで鈍ったか」

黒柴は、すぐに問題を見極めた。

「一目見て分かるなんて、さすが犬庵さんだねえ」

うんうんと頷《うなず》くと、上野さんはずずと湯呑《ゆの》みに入ったお茶をすする。お茶は全員分に出ていた。猫庵のように様々に工夫を凝らしたものではない、普通の温かい緑茶である。

「それくらいできて当たり前であろう。そればかりやっておるのだからな」

店長がそっぽを向いた。両手の肉球で挟むようにして、湯呑みを持っている。憎まれ口を叩いている割に、出されたお茶はちゃんと飲んでいるのである。

「研げば切れ味は戻る。まあ、デブ猫の手では指がつっかえてやりにくいかもしれんから、ここはわしがやってやろう」

憎まれ口を返すと、黒柴は立ち上がった。そして奥の大きな座卓まで移動する。

「すぐに終わる。茶でも飲んで待っておれ。邪魔をすると犬に手を嚙《か》まれるぞ」

黒柴はそんなことを言うと、一つの袋を座卓の上に置いた。ひどく古ぼけていて、ところどころ傷んでいる。長い、本当に長い時を経てきたような、そんな趣のある袋だ。

その中から黒柴が取り出したのは、砥石《といし》だった。鈍色《にびいろ》に光るそれの上に裁ちばさみの刃を置くと、黒柴は前足を添えるようにして前後に滑らせる。包丁を研ぐのと同じような感じだ。

その手付きは、慎重にして丁寧だった。かといってのろのろしているということもなく、一定のペースを正確に保ち反復している。一つの刃が終われば、もう一方の刃を研ぎ始める。

「ふん」

横目でそれを見て、店長は鼻を鳴らした。態度は横柄だが、黒柴の技術そのものについては評価している様子だった。

「できたぞ」

やがて、黒柴ははさみを研ぎ終えた。

「切れ味は保証する。新品同様だから、うっかり自分の爪など切り落とさぬようにな」

そこまで言ってから、ふと黒柴はニヤリと笑う。

「いや、待てよ。猫は爪研ぎなどという無駄な作業が必要だったな。それをやるくらいなら、これで切った方が良いのではないか？」

「たわけたことを。研ぐ必要もないなまくらな爪しか持たぬ犬っころに、何が分かる」

店長は鼻を鳴らす。

「二人とも、仲が良いですね」

青年が、上野さんに顔を寄せて小声で囁《ささや》いた。

「そうだねえ。お互いにお互いを褒めないけど、馬が合うんだと思うよ。犬と猫の馬が合うってどれがどれやらって感じだけど、とにかく滅多なことで本当の喧嘩《けんか》にはならないし」

上野さんも、口の横に手を当てて囁き返す。

「しかし、何だそのぼろぼろの道具袋は」

とことこと大きな座卓に歩み寄ると、店長がそんなことを言った。

「あ」

上野さんが、目を見開く。

「――なに?」

黒柴の雰囲気が、明らかに変わった。

「お手入れ処を名乗る割に、まったく手入れが行き届いておらんではないか。お手入れ処ではなくお手処にしたらどうだ。犬ならば最低限お手くらいはできるだろう」

しかしそれに気づかないのか、店長は軽口を叩《たた》きまくる。

「出ていけ」

押し殺した声で、黒柴が唸《うな》るように言う。それまでとは異なる、ひどく殺気だった気配。

「急に何を言うか。そんなことを言いながら、わしらがいなくなったら寂しくてきゅんきゅん鳴くのだろう」

店長が、軽口で返す。しかし、もう黒柴は何も言わなかった。店長も、青年も、上野さんさえも存在しないかのように振る舞った。あの道具袋に砥石を入れると、そのまま勝手口から外に出ていったのだ。

「な、なんじゃ。客をほったらかしていなくなるとは」

ようやく事態の異変に気づいたか、店長は焦った様子を見せる。しかし、明らかに手遅れだった。


「何なのだ、まったく」

それからと言うもの。店長は、一日に四回から五回はそういうことを呟《つぶや》くようになった。言葉そのものは、いつも通り偉そうである。しかし、ひげは力なく下に垂れ、つぶらな瞳《ひとみ》も俯《うつむ》きがちだった。要するに、しょんぼりとしているのである。

「うーん」

店長が呟く度に、青年は考える様子を見せた。何か言おうとしては、またやめる。普段とはあまりに違う店長の様子が気遣わしいけれども、どうすればいいのか分からない。そんな感じだった。

「お邪魔するよ」

そんなある日、荷物を背負った上野さんが猫庵にやってきた。

「こんにちは」

出迎えたのは、青年一人だった。

「おや、店長はどうしたんだい？」

上野さんが、辺りを見回す。

「外に行ってます」

「様子はどう？」

上野さんの問いを聞くなり、青年は困ったように目を伏せた。

「何だかちょっと、変です」

「うーん。心配になって来てみたんだけど、まだ時間がかかりそうかなあ」

それを聞いた上野さんも、しゅんとした。

「店長、なんであんなこと言ったのかなあ。大事なものだって、知らなくても見れば分かるでしょうに」

「そうだね。お互いこうなるまで色々あったわけだし、普段はどっちもその辺には踏み込まないように話すんだけど」

ふと、上野さんは遠くを見るような目をする。

「ちょっと久々だったからね。つい気が緩んじゃったのかも。ほら、僕たちってそんなに同じような友達がいるわけじゃないからさ」

その声に宿る、どこか寂しげな空気。青年が、はっとしたように上野さんを見る。

「はは」

それに気づいた上野さんは苦笑して誤魔化し、それから小首を傾げる。

「まあ、こういう感じの喧嘩が今までなかったわけじゃないし。心配しなくてもそのうち元に戻るよ。何かの拍子に口内炎ができても、大体の場合気がつくと治ってるでしょ？　あんな感じだね」

「――なるほど」

はたしてパンダに口内炎ができるのかどうかという点について深掘りはせず、ただ青年は真面目な顔で考え込む。

「僕、やっぱりちょっと行ってきます」

そして、そんなことを言ってエプロンを外した。

「そうなのかい？」

「口内炎って、長引くとしんどいじゃないですか。ご飯も美味《おい》しく食べられませんし」

問いかける上野さんに、青年は笑いかける。

「なるほどね」

ふふ、と上野さんは笑い返した。

「じゃあ、ちょっと行ってきます」

青年が出入り口から外に出てから、勝手口の扉が開く。

「む。上野さんではないか」

入ってきた店長は、上野さんを見て目をぱちくりさせた。

「こんにちは」

「童《わっぱ》め、どこへ行ったのだ。茶も出さずに」

むーっと店長は腕を組む。耳が、不満げにぴくぴく動く。

「ちょっと、用事みたいだよ」

そう受け流すと、上野さんは自分用の大きな椅子によっこらせと腰掛けたのだった。


青年は、中々帰ってこなかった。

「まったく、まったく。戻ったら説教だ」

ぶつぶつと文句を言いながら、店長は雑巾《ぞうきん》を掛けていた。両の前足でごしごしと掛け、尻尾《しっぽ》に乾いた雑巾を巻き付けて乾拭《からぶ》きをしている。

「まあ、そのうち帰ってくるさ」

フォークを手にした上野さんが、そんなことを言う。彼の前には店長が出したチーズケーキ、そして紅茶のカップがあった。

上野さんは、フォークでチーズケーキを切って食べる。店長や黒柴《くろしば》ほどではないが、爪のような指からすると十分すぎるほど器用である。

「りくろーおじさんは美味《おい》しいねえ。お客さんからも好評だよね」

店長は、拭き掃除の手を（同時に尻尾も）止めると頷いた。

「うむ。最近通販も始まったが、店舗は大阪にしかないから近畿《きんき》圏の人間以外にはまだまだ物珍しいしな。仕入れてくれるのには、いつも感謝している」

そして、上野さんに礼を言う。

「そう。それだよ猫庵さん」

手を止めると、上野さんは店長の方を見る。

「あの時も、そうやっていれば良かったんだよ」

店長は、雑巾を手にしたまま項垂《うなだ》れた。

「分かっておる。自分があの時何をしたのか、これから本当はどうすべきなのかもな。だが、中々難しい」

その頬に自嘲《じちょう》気味の笑いが浮かぶ。

「やって来る客には偉そうなことを言っているが、自分のこととなるとこの有様だ。恥ずかしいものである」

「そっかぁ」

肯定もせず否定もせず、上野さんはチーズケーキを食べた。

「しかし、やつもやつだ。あれがどういうものなのかとか、そういうことを前もって言ってくれれば――む」

店長の耳が、ぴこぴこと動く。

「むむ」

そして、急に落ち着かなげな様子を見せた。おろおろ歩いたり、いきなり手を舐《な》めて顔を洗ったりし始めたのだ。

「どうしたんだい？　パンダは猫ほど耳が良くないから、分からないよ」

上野さんは、不思議そうに首を傾げる。

「来おった」

店長がそう言うのと、猫庵の扉が開くのはほぼ同時のことだった。

「ふん、相変わらず店だけは立派だな」

入ってきたのは、立って歩く黒柴――あの犬庵の庵主《あんしゅ》だった。手には、あの古びた道具袋を持っている。

「俺を名乗っておきながら和洋折衷なのは中途半端だが、それもデブ猫らしいといえばデブ猫らしい」

店に入ると、黒柴は辺りを睥睨《へいげい》してそんなことを言う。

「おっと、急用を思い出したよ。チーズケーキと紅茶、ごちそうさま」

実にわざとらしい口調でそう告げると、上野さんはチーズケーキと紅茶を一気に平らげ、荷物を背負い店から出て行った。

店には、店長と黒柴が残される。どちらも目を合わさず、何も言わず、猫庵は沈黙に満たされる。

「なんだ」

ようやく口を開いたのは、黒柴の方だった。

「この店は、客に飲み物も出さぬのか」

「――ふ、何を」

店長は、少し驚いた様子を見せてから、慌てて取り繕った。

「手を考えておったのだ。圧倒的なもてなしを見せて、わしと犬っころの差を見せつけてやろうとな」

「ふかしおって。――いいだろう、そのもてなしとやら、楽しませてもらおうではないか」

にやりと笑うと、黒柴はカウンター席に座る。

「む」

そして、なにやら鼻をうごめかせた。

「ちぃずか」

「む？　そうだな、上野さんに出していたのだ」

「そうか」

何やら、黒柴は残念そうな顔をした。

「なんだ、ちぃずが好きなのか」

店長は、驚いたように目をぱちくりさせる。

「犬は鼻が効くから、匂いの強い食べ物は辛《つら》かろうと思ったが」

「そうでもなくなったのだ。年かもしれんが」

その言葉に、店長は目を伏せた。

「なるほどな。――分かった、しばし待て」

店長は、少し考え込む。

「ちょうどいいものがある」


店長が皿に載せて出したのは、チーズタルトだった。

「滋賀の洋菓子屋が作った、かまんべぇるちぃずを使ったたるとだ」

底の浅いお椀《わん》のような形をしたタルト生地。その中には、濃い黄色のチーズが詰まっている。チーズは光を受け、生地との境目がてりてりと輝いていた。

「ほう」

皿の上に三つ並んだそのチーズタルトを、黒柴が興味深そうに覗《のぞ》き込む。

「そこまで強く香るというわけでもなさそうだが」

鼻をくんくんとして、黒柴はそんなことを言った。

「まあ、食べてみい」

カウンターの中で紅茶を淹《い》れながら、店長が答える。

「ふむ」

促され、黒柴はチーズタルトを手にする。敷かれているシートは、ぴったりと貼り付くのではなく普通に載せている感じである。つまり、剝《は》がしたりせずにそのまま食べられるわけだ。

「では、頂くとするか」

黒柴は、チーズタルトを囓《かじ》った。

「――！」

次の瞬間、驚いたように目を見開く。

「食べた途端、ちぃずの香りが鼻に抜けるであろう」

店長はふふと笑い、紅茶を出した。

「わしが手ずから淹れた紅茶だ。最近は童にやらせることが多いからな。貴重なのだぞ」

一方、黒柴はチーズタルトをもぐもぐと噛《か》んでいる。目を閉じ、じっくりと味わっている。

「どうだ？」

黒柴がようやく飲み込んだところで、店長がそう訊《たず》ねた。

「ああ」

黒柴の声は、とても弾んだものだった。

「実に美味だ。口にした瞬間、ちぃずの香りが鼻を突き抜ける。濃厚だが、しかしくどくはない。絶妙なばらんすだ」

「うむ、うむ」

店長は、満足げに頷《うなず》く。

「ちぃずのとろとろさ加減と、生地のほくほくとした食感の対比も美しい。見事なはぁもにぃだな」

そう言うと、黒柴はもう一度チーズタルトを口にした。目を閉じ、ゆっくりじっくり味わう。

「なんとたっぷりしたちぃずか。実にぼりゅうみぃだ」

「七せんちほどの大きさなのに結構食いでがあるだろう」

そう言ってから、店長は黒柴と目を合わせる。

「香りを楽しめたのなら、よかった。かつての犬の嗅覚《きゅうかく》を取り戻すことは能《あた》わずとも、世界が色鮮やかだったあの時を思い出せたのではないか」

黒柴は息を呑《の》んだ。店長はなおも話す。

「わしらはただの猫や犬として生きていた頃より、色々なものを身につけた。しかし一方で、様々なものを失いもした。その最たるものは、他の者たちとの暮らしだろう」

黒柴は答えなかった。ただ黙って、目を伏せる。

「みな、わしらより後に生まれ、先に死んでいく。あとに残るのは、ただ思い出と――」

言って、店長はカウンターの上に置かれていた道具袋に目をやった。

「――その思い出にまつわる、ものだな」

言葉を切り、しばし逡巡《しゅんじゅん》してから。

「すまなかった」

店長は、頭を下げた。

何を、とも言わず。なぜ、とも言わない。ただ、己の非を認めることを伝えただけの謝罪の言葉。

「ああ」

それでも、黒柴にはよく伝わったようだった。

「わしも、短気だった。お互い様ということにしておこう」

店長は、表情を緩めた。ほっとしたように。あるいは、嬉《うれ》しそうに。

「一つ言っておくなら」

照れたように、黒柴《くろしば》が話し出す。

「別に、今の暮らしも悪くないと思っている。かつては分からなかったこと、できなかったことができるようになった」

言って紅茶のカップを持ち、そっと口を付ける。

「――ふむ。美味《うま》いな。ちぃずたるとともしっかり合っている」

店長はにっこり笑ってその賞賛を受け止めた。そして、ふと思いついたように言う。

「確かに、その通りだな。色々できるようになったのはよいことだ。玉ねぎも食えるようになったしな」

「そうだな。本来我々には毒なのに、すっかり平気になってしまった」

犬がおかしそうに噴き出し、店長も笑う。

「さて。それでは、頼み事がある」

ひとしきり笑ってから、黒柴は居住まいを正した。

「これを直してくれ」

そして、カウンターに置いていた道具袋を引き寄せる。

店長は、大きな目を更に丸くして黒柴を見た。そんな店長に、黒柴はただ微笑んで頷いた。

店長の表情に、躊躇《ためら》いが浮かぶ。しかし、それも一瞬のことだった。

「——分かった。預かろう」

店長は、道具袋を手に取った。そして、真剣な眼差《まなざ》しで道具袋の状態を確認していく。

「素材は帆布《はんぷ》だな。頑丈に作られているが、それでも穴が空いたか。一体何百年使っているのだ」

「忘れたな。相当長いことは確かだが」

黒柴は答えると、遠くを見るような目をした。

「長い、とても長い間だ」

「何か布を当てても良いか？　針を通すことになるが」

店長の問いに、黒柴は迷わず頷いた。

「ああ。全て任せる。必要だと思ったことは、何でもやってくれ」

それを聞くなり、店長は準備を始める。裁縫道具一式に布と紐《ひも》、そして眼鏡。

「では、始めるぞ」

まず、店長は布にチャコペンで線を引く。

「そうきたか」

店長が布に描いた模様を見た黒柴が、にやりとした。苦笑いのようでもあり、微笑みのようでもある。色々な感情がない交ぜになった、そんな表情だった。

店長はふふんと得意げに笑うと、裁ちばさみで布を切る。

「実によく切れる」

店長が感心したように呟《つぶや》いた。

「わしが手入れしたのだ。新品よりもよく切れるぞ」

黒柴は、得意げにそう断言する。

「ぬかしおって」

店長は、はさみを置いて眼鏡を掛けた。そして針に糸を通すと、小さい穴を縫い合わせていく。持ち手の部分も縫って、外れないように強化する。

そして、一際大きな穴に先ほど切った布を当て、縫い付けた。手付きは一際丁寧で、道具袋とそれが過ごしてきた時間に対する深い敬意が表れていた。

「――よし、できたぞ」

縫い付け終わり、紐も糸もしっかり留めると、店長はそう言った。眼鏡を外し、手と肉球を肩に当ててうーんと首を回す。

「近頃になく集中して、疲れたわ」

次は目をつぶると、両の肉球で瞼《まぶた》の上からぷにぷにとマッサージをする。

「出来は、どうだ」

マッサージの手を止めて、店長が訊ねた。返事はない。

店長が、指を開いてその隙間から黒柴を見る。その目には、心配そうな光が揺れていた。

黒柴は、道具袋を手にしていた。ひっくり返したりすることもなく、じっと見つめている。塞《ふさ》いだばかりなのに、穴が空きそうなほど。

「――ああ」

ややあってから、黒柴はゆっくりと告げた。

「見事だ。頼んで良かったと思っておる」

「うむ」

ふふ、と店長は口元を緩める。そして、伸びをした。猫がやる四本足で背中を丸めるような形ではなく、人間がやるような手を上げてうーんとやるアレだ。

「さて」

店長はカウンターの上をそのままにして、抜き足差し足で出入り口へと向かう。肉球が足音を吸収し、ほとんど気配さえ感じさせない。

店長は扉の前に立つと、取っ手に手をかけ、ばっと引いた。

「わわっ」

声がして、誰かが外から転がり込んでくる。青年である。扉の外で、ずっと中の様子を窺《うかが》っていたのだ。

「あらら。ばれてたんだねえ」

後から、上野さんも入ってくる。

「当然だ。年を重ねたとは言えど、店の周りの音くらいなら針が落ちても聞き分けられるわ」

「ちぇっ。目が悪くなって針に糸を通すときには老眼鏡が必要なのに——」

青年は起き上がると、カウンター席に黒柴がいることに気づいた。青年は立って会釈しようとし、

「あっ、それは」

彼の前に置かれたお菓子に気付き、会釈どころではないという感じになってしまった。

「クラブハリエさんのタルト・カマンベール、お出ししちゃったんですか！　僕が食べようと思って取っておいたやつなのに。通販限定で、滅多に食べられないんですよ」

青年の声は、最早《もはや》悲鳴のようだ。

「この店には運送屋さんも郵便屋さんも来られません。そもそも住所自体ないからアカウントの作成さえできないんです。ああ、どうすればいいのやら」

「まあまあ。また仕入れてあげるよ」

青年の肩を、ぽんぽんと上野さんが叩《たた》いた。何せ大柄なので、いちいち後ろ足で立ち上がらずとも青年の肩まで手が届くのだ。

「はは、すまんな」

黒柴が、苦笑交じりに詫《わ》びる。青年はそんな黒柴の様子を見ると、店長に目をやる。しばし両者を見比べ、

「諸々《もろもろ》かたはついた。これ以上余計な気を回す必要はない」

ふてくされた顔の店長に、そんなことを言われた。

「あ、いえ僕は」

「大方、やつの店に行って間を取り持とうとしたのだろう。まったく、要らぬ世話を――」

「猫庵さん」

青年に店長がやいやい言おうとしたところで、上野さんが声を掛けた。

「む、むむ」

店長は、呻《うめ》いて黙り込んだ。

「わしは、初めそこの彼を追い返そうとした」

すると、カウンターから黒柴が話し始める。

「だが、彼は粘ってな。『どうしても店長と会ってあげてほしい。店長は後悔している。ちゃんすをあげてほしい』と言って聞かなかったのだ」

「むむう」

店長は、腕組みをして俯《うつむ》いた。尻尾《しっぽ》だけが、しきりにぱたぱたと動く。

「――分かった」

遂《つい》に、唸《うな》るような声で店長は言った。

「童《わっぱ》。苦労を掛けたな」

青年に、感謝の言葉を告げたのだ。

青年は、驚いたように目を見開く。

「いえいえ。お役に立てたなら何よりです」

そして、嬉しそうに微笑んだのだった。

「よきかなよきかな」

上野さんは扇子を開き、ぱたぱたと顔を扇いだ。

「どういう風にお直ししたか、見せて頂いてもいいですか？」

青年が、黒柴に訊《たず》ねた。

「よいぞ」

「ありがとうございます」

青年はカウンターに歩み寄り、

「わあ、素敵ですね」

道具袋を見るなり目を輝かせた。

「こういう形でやったんですね」

もっと具体的にいうなら、道具袋に縫い付けられた当て布――すなわちワッペンを見て目を輝かせた。

それは、肉球形のワッペンだった。古い道具袋にこんな可愛らしいデザインのワッペンは似合わなそうなものなのだが、布の色合いや質感がぴったりであり、上手《うま》い具合に馴染《なじ》んでいた。

「店長も犬庵さんも肉球がありますもんね。仲直りの印ですね」

青年がそう言うと、店長はぷいっと横を向いた。照れているようだ。

「この紐は、何ですか？」

次に青年は、袋に取り付けられた紐について訊ねた。穴を開けて通した形になっている。元々穴を塞いで修繕するという依頼だったのだから、確かに不思議なアレンジである。

「首から下げるためのものだ。いつも手に持っていて扱いづらそうだったからな」

店長が、ぶっきらぼうに説明する。

「そういうことか」

黒柴が、納得したように頷《うなず》いた。

「なるほどねえ。確かに、首に掛けると楽だよね」

上野さんも、しきりに感心している。

「よく分かりました。店長、さすがの気配りですね。その調子で、もっと従業員の働きやすさや福利厚生に配慮してもいいんですよ？」

青年が提案するが、

「やかましいわ」

店長は速やかに却下する。労使交渉はあっという間に決裂した。

「そのうちストを打つしかないですね。掃除が大変になる換毛期辺りを狙うと、効果は抜群です」

そう言いつつ、青年は再び道具袋に目をやる。

「ところで、犬と猫の肉球ってどっちが優秀なんですか？」

何気ない一言だった。似たような疑問を抱いた人は、遠い昔から沢山いただろう。つまりありきたりということだが、この場においては珍妙な事態を引き起こした。店長と黒柴《くろしば》が、全く同じタイミングで胸を張ったのだ。

「猫の肉球の方が柔らかくて衝撃を吸収できる。わしの方がえらい」

「犬の肉球の方がざらざらしていて滑りにくい。わしの方がえらい」

しばしの沈黙。

「よいだろう」

「決着を付けるか」

店長と黒柴は、鼻を突きつけ合うような距離まで近づき互いに睨《にら》み合い始めた。

「やれやれ、またかい」

呆《あき》れたように言うと、上野さんはのそのそと歩いて二人の脇に立つ。

「はっけよーい」

そして扇子を軍配代わりにして仕切った。店長と黒柴は互いに構える。

「のこった」

上野さんの掛け声。店長と黒柴が、ばっちりのタイミングでぶつかり合う。

「どっちも頑張って下さいね。――あ、やっぱり美味《おい》しいなあこれ」

青年は声援を送りつつ、残っていたチーズタルトをちゃっかり食べたのだった。

四章　耳が動くよ！　店長のスマホケース

山下恒太郎《やましたこうたろう》には取り得がない。何をやっても、贔屓目《ひいきめ》に見て平均程度。外見も同様で、特に冴《さ》えたところもない。ツキも別にないから、たとえばギャンブルをやっても全然勝てない。

家と会社を往復する毎日。褒められもせず、苦にもされない。こういうものにわたしはなりたい、みたいな夢や志もない。好きで打ち込んでいることも大してないし、こだわりを持っていることもない。

スマートフォンのSNSを開く。タイムラインには、日常の何ということのない『呟《つぶや》き』に混じって、面白さなり才能なり奇矯さなり何らかの『尖《とが》り』を有したものが拡散《リツイート》されて流れていく。何千何万の拡散《リツイート》を経つつ、同数の「いいね」を稼いでいることが表示される。

これまでに恒太郎のつぶやきで一番バズった——すなわち人目に触れたものは、駅の電光掲示板が誤表示を起こして文字化けしている様子をスマートフォンで撮影し、その画像を添付したものだった。

『何だか電光掲示板が変なんだけど。これ何？』

しかし、せいぜい数十人に拡散《リツイート》された程度で、「いいね」も同じくらい。同じ出来事についてもっと面白く呟いている人がいて、そちらのいいねは五千回を超えていた。百倍以上の反応を集めるその呟きは、恒太郎にはひどく輝いて見えた。

せめて羨《うらや》むのをやめればよいのだが、それもできなかった。現状が自分の分相応なのだと心から納得し、そこに満足すれば苦痛を感じることもない。恒太郎はブラックでない企業に勤めていて、ボーナスだって出る。格差が開き続けるこのご時世、割合良い暮らしをしているはずだ。

牛は空を飛べずとも、食うに困らないだけの草があれば満足するだろう。水から上がればすぐに死んでしまう魚も、水の中にいる限り陸へ上がれないことへの不満はないはずだ。だというのに、恒太郎は不満だらけだった。

ただ日々を無難に過ごすばかりで、かといってそれで満足しきることもなく、何だか満たされないままでいる。そんな自分が、恒太郎にはひどくつまらなく思えてならなかった。

『バックします、ご注意ください。バックします、ご注意ください』

アナウンスを流しながら、トラックがスーパーの裏手の駐車スペースへ入っていく。西に傾いた日が直接入るのか、運転手が顔をしかめて日除《よ》けを下げる。

その前を通るようにして、スーツ姿の恒太郎は家路を急いだ。仕事はほぼ午後五時で終わり、接待や付き合いで過剰に拘束されることもない。仕事の内容も、取り立ててやり甲斐《がい》があるわけではないが疲れ果てて病んでしまうほどひどくもない。望ましい環境だと言っていいだろう。しかし、恒太郎の足取りは今一つ軽くなかった。毎日こうだ。鈍く、粘り気のある何かが、全身にまとわりついている。

ふと、足を止める。興味を惹《ひ》かれるものを、見つけたのだ。まとわりつく何かが、一瞬だけその存在を薄める。

恒太郎が見つけたのは、ディズニーの有名なアニメ映画に登場する宇宙飛行士の人形だった。元々人形のキャラクターなので、正確さを期すなら人形の人形と呼ぶべきかもしれない。

決め台詞《ぜりふ》を思い出そうとして、恒太郎は失敗した。遠くへ飛んでいくとか何とか、そんな台詞だったのだが。子供の頃にシリーズの作品を何度か見たきりで、ほとんど覚えていない。まあ、別にいいかと思い直す。覚えていないものは仕方ない。

人形は電柱に立て掛けられるようにして、放置されていた。忘れられたのか、それとも捨てられたのか。どこか寂しく、物悲しい光景である。

恒太郎は、スマートフォンを取り出してカメラを起動した。唯一趣味と呼べなくもないものが、写真の撮影だった。

被写体は決まっていない。今回のように「もの」なこともあれば、動物や鳥のこともある。風景を撮ることもあれば、人を撮りたくなることもある（人は大抵見知らぬ他人なので、お願いすることもできずいつも撮れない）。

辺りを見て誰もいないことを確認すると、恒太郎は手早く角度を決めて撮影した。夕方で光量が足りないかとも思ったが、割合よく撮れた。むしろ影が色濃くて味わい深いかもしれない。

これで、撮影は終わりである。何か機材を揃えようとか、撮影技術を向上させようとか、そういうモチベーションがあるわけでもない。ただ気になるものを撮って、時々見返すくらいだ。何度かネットに上げたこともあるが、反応はほぼないに等しかった。恒太郎にとっては興味深くても、他の人からすれば何ということもない、画面に入っても「いいね」をタップする価値さえない画像だということなのだろう。

恒太郎は、スマートフォンを仕舞おうとする。しかし、そうは問屋が卸さなかった。

「おわっ」

手が滑ったのだ。

「っと、と――」

咄嗟《とっさ》にどうにか受け止めようとして、事態は余計に悪化した。上手《うま》くキャッチすることはかなわず、むしろより遠くへと弾《はじ》き飛ばす結果となってしまったのだ。

スマートフォンは、大きな弧を描いて地面のアスファルトに勢い良く激突した。その勢い良さにふさわしい、派手な音が辺りに響く。

「うーわ」

拾い上げて、恒太郎は苦笑した。ケースが、割れてしまっているのだ。生半可な割れ方ではない。刀か何かで切ったかのように、真っ二つになっている。

特に思い入れがあるわけではない。ネットで評価がいいものを、通販で購入しただけのものだ。壊れてしまったからといって、そこまで精神的に落ち込むこともなかった。むしろ、スマートフォン本体が壊れずに済んだのだから本来の役割を果たしたのだろうくらいの感じである。

そのまま、恒太郎は歩き出した。ケースはまた通販で同じものを買えばいいだけの話だ。メール便で届くから、いちいち受け取る必要もない。

恒太郎は、真っ二つに割れたケースをポケットに突っ込み歩き出した。

しばらく行ったところで、立て看板が目に入った。『お直し処　猫庵』。看板には、そんな文字が書いてあった。庵《あん》の跳ねる部分が尻尾《しっぽ》になっていたりして、可愛らしい。

恒太郎はスマートフォンを取り出す。何となく、撮りたくなったのだ。そこまで凝っているわけではない。しかし、何とも好ましい印象をもたらす看板なのである。

二、三枚撮影する。先ほどよりも辺りは暗くなり始めているが、どうにか写せた。

スマートフォンをしまいかけて、恒太郎はふと思う。――お直し処というからには、スマホケースも直せるのだろうか？


「失礼します」

中は、喫茶店のような作りをしていた。カウンター席には開いた和傘が差し掛けられていて、看板と同じく雰囲気がいい。

そのカウンター席にも、反対側のテーブル席にも、客はいない。のみならず、店の人間の姿さえ見当たらない。入り口の鍵《かぎ》は開いていたのだが。不用心なことである。

恒太郎は、手にしていたスマートフォンで店の中の様子を撮影しようとする。ただいい感じなだけではなく、画面として切り取りやすい。トータルのコーディネートが完成されている一方で、部分部分も撮影に耐える作りになっているのだ。とてもセンスがいい。

あちこちにスマートフォンのカメラを向けた恒太郎だが、結局一枚も撮らなかった。店の人に許可を取らず撮影するのは、躊躇《ためら》われたのだ。SNSでの拡散を期待して店の様子の撮影に積極的なお店も多いが、逆に様々な理由から拒否するところも少なくないのである。

「店長。だから、言ってるでしょう。どうしてまたあんな得体の知れないものを買ったんですか」

そんな声がして、勝手口が開いた。

「もう買わないって約束したじゃないですか」

入ってきたのは青年だった。やや癖のある髪に、整った面立ち。細身の体に、猫のデザインが入ったエプロンを纏《まと》っている。

「何なんですか、その『太公望《たいこうぼう》が使った釣《つ》り竿《ざお》』って。現存するわけないでしょそんなもの。太公望が何千年前の人だと思ってるんですか。大体猫はお魚を釣るんじゃなくて、くわえて逃げるものでしょう」

エプロンは可愛らしいが、彼自身は何やら随分とおかんむりのご様子である。

「物事は一期一会である。こういう品物が入った、と言われた時に買わなければきっと後悔することになるのだ」

青年への反論が聞こえてきた。低く張りのある声だが、何だか狼狽《うろた》えた感じがある。

「骨董《こっとう》の女神は後ろ髪を刈り上げている。通り過ぎてから捕まえようとしても後の祭りなのだ」

声の主の姿は見えない。店の中に入ってきたようではあるのだが、何だか不思議である。

「実際にそういう女神様がいると仮定しても、店長の前を通過しているのは絶対その神様じゃないです。間違いなく貧乏神——あ」

青年が、恒太郎に気づいた。

「すいません。お待たせしてましたか」

慌てた様子で、青年はカウンターから出てくる。

「ああ、いえ別に」

恒太郎は、愛想笑いをして見せた。

「それ見たことか。わしに対してお小言を言うから、接客できておらんではないか」

えらそうな声がする――えらく低い位置から。

何気なく見下ろして、

「うわっ」

恒太郎は驚いた。そこには、猫がいたのだ。丸々とした体格とふさふさとした毛は、抱っこしてもふもふすると気持ちよさそうである。

毛色は、黒と茶色のしましま。眉間《みけん》辺りに縦の縞《しま》が入っている。よく見る毛並みだ。あまりに多すぎて、見かけてもいまいち撮影しようという気は起きないタイプである。

しかし、今回は別だった。撮りたい、いや撮らねばならないという強い衝動に恒太郎は駆られた。

「わしがこの猫庵《にゃあん》の庵主《あんしゅ》である」

何しろこの猫、立って歩いて喋《しゃべ》るのである。写真、いや動画で記録に残すべきではないのか。

しかし、そう思う一方で恒太郎は躊躇ってもいた。普通の猫はスマホを向けても、近づいたりしない限りは特に嫌がったりすることはない。だが、この猫は「やめぬか。肖像権の侵害である」とか何とか抗議してきそうである。

「あれ、自分から店の名前名乗るんですね」

青年が、可笑《おか》しそうに口を挟んだ。

「もしかして、前もって読み方を教えておいて『今回は間違えられなかった』とか威張るつもりですか？　店長、ずるいですよ」

「ち、違う！　そうではない！」

青年にからかわれ、猫は地団駄を踏んだ。庵主なのか店長なのか分からないが、とりあえず日常的に使用することが多く馴染《なじ》みがある店長と内心で呼ぶことにする。

「でも、お店の名前は読めなかったでしょ？」

青年が訊《たず》ねてきた。

「ええと、まあ」

返答に困る。読めるも読めないもなく、看板としか認識していなかったのだ。別に店の名前を軽《かろ》んじていたわけでもなく、光景そのものとして把握していただけで、書かれている内容は気に留めていなかったのだ。

「よい。読めていたわけではないことはよく分かった」

恒太郎がもごもご言っていると、店長は肩を落とした。

「犬っころの店も未《いま》だ正しく読まれたことがないというしな。まあ、後発の模倣品におりじなるが敗れることなどないのだが」

「またそんな憎まれ口をきいちゃって。上野《うえの》さんに聞きましたけど、実際どっちが先なのかよく分からないみたいなことを仰《おっしゃ》ってましたよ」

青年が言うと、店長は前足をぶんぶん振りながら反論した。

「いいや、違う。わしの方が先だ。間違いなく先なのだ」

「はいはい。――さて」

店長を適当にいなすと、青年は恒太郎に向き直ってくる。

「何か、壊れたものはありませんか？」

「え？　あ、はい。そうですね。スマホを落としてケースを割っちゃいました」

聞かれて、ケースが壊れていたことを思い出した。元々そのためにきたのに、すっかり忘れていた。

「お直し、しましょうか？」

「ええと、どうしようかな」

猫が喋るという異常事態に巻き込まれたせいか、何だか急に優柔不断になって来た。恒太郎が迷っていると、店長が歩み出て前足を差し出してきた。

「とりあえず、貸してみい。直せるかどうか、見て進ぜよう」

「はい」

思わず、恒太郎はポケットから割れたケースを取り出した。店長には謎の威圧感があり、ついついそれに呑《の》まれてしまう。

「どれどれ」

ケースを受け取ると、店長は丹念に眺める。ひっくり返したり、顔に近づけたりと、実に丁寧だ。その目はとても真剣で、まるで職人のようである。

「直せるな。確かに致命的な割れ方をしているが、わしの手にかかれば元通りだ」

しばらく眺めてから、店長はそう言った。

「任せてみい」

店長が、オレンジとも金ともつかない不思議な色の目で見つめてくる。

「じゃ、じゃあ、お願いします」

何となくそれに押されて、恒太郎はそうお願いしてしまったのだった。


テーブル席で、店長と差し向かいで座る。青年は、カウンターの奥にある勝手口から外に出て行ってしまった。喋る猫と一対一というわけである。

店長は、何やら道具を広げて作業を始める様子だった。その手付きは猫の前足でやっているとは思えないほどに滑らかである。

さきほどは「まるで職人のようである」と思ったが、それは間違いだった。店長は、職人そのものなのかもしれない。

恒太郎は、ケースから外したスマートフォンを握る。——撮りたい。しかし、カメラを向ける勇気は出ない。

「どうして壊してしまったのだ？」

店長が訊ねてくる。

「いやあ、実は撮影してたら落としちゃって」

「ほう」

店長は、手を止めて顔を上げてきた。

「何を撮っていたのだ」

「何をっていうと、まあ、気になったものを？」

捨てられた人形に興味を惹《ひ》かれた、とは何だか言えなかった。そういうのは、痛い人とか中二病とか、とにかく何だか変な人と思われるからだ。喋る変な猫相手にそんな気を回すのもおかしな話かもしれないが。

「関心を惹かれた対象を、切り取って記録に残す。良い趣味だな」

「趣味って程じゃないですけど」

苦笑してしまう。そんなに、大したものではない。

「どれ、撮ったものを見せてみぃ」

店長が、身を乗り出してくる。

「え、でも」

「よいよい。興味があるのだ」

そう言われると、悪い気はしない。何だかんだ、自分の撮ったものは誰かに見て欲しいものだ。

「たとえば、これとか」

とりあえず、一番最近撮ったもの——打ち捨てられたディズニーの人形の写真を見せてみる。

「——ほう」

店長が、感心したように頷《うなず》く。

「良いではないか。侘《わ》びしく、やるせなく、それだけに強く胸を打つ写真だ。この人形もよい。元の作品を考え合わせれば、よりてぇまが明確になる」

「そう、ですか」

照れてしまう。誰かにこんなに写真を褒められたのは、生まれて初めてかもしれない。

「今なら、ねっとにあっぷするのも良いだろう。色々反応が得られるのではないか？」

「いえ、やったこともあるんですけど全然で。やっぱ、才能とかないのかなって」

ぽろっと答えてしまってから、恒太郎は口を押さえる。何だって、こんなことを猫相手に告白しているのか。

「反応とはそう簡単に得られるものでもないし、そもそも反応というのは大小で量るものではない。それで生計を立てるとかいう風になってくると話は別だが、そうでもなければ一つ一つのれすぽんすを大事にすればいい」

「そう、ですか」

何と答えていいか分からず、恒太郎は俯《うつむ》いた。そもそも猫相手に丁寧な口調でやり取りするのもおかしな話なのだが、なんだかあまり気にならなかった。

ただ、店長の言葉が心に響いてくるのだ。なんと表現すればいいか分からないが。

「ふむ」

店長は、恒太郎の内心を見抜いたようなそうでもないような声で呟《つぶや》くと、作業に戻った。

何となく、辺りが静かになる。

「待ってる間、よかったら召し上がってください」

それを破ったのは、青年だった。いつの間にか戻ってきていたらしい青年は、恒太郎の前に何かを置く。

「鹿児島の銘菓に軽羹《かるかん》っていうのがあるんですけど、それでこしあんをくるんだ『かるかん饅頭《まんじゅう》』です。薩摩《さつま》蒸氣屋《じょうきや》さんというお店のものです」

それはお皿に並んだお饅頭と、湯気を立てるお茶だった。

「あ、どうもありがとうございます」

お礼を言うと、写真を撮る。こちらは簡単にできた。出してもらった食べ物を撮ることは普通というか、もう身に染みついている。

「じゃあ、頂きます」

撮影だけして食べないのもなんなので、一つ頂くことにする。

持ってみると、ちょっとだけぺたぺたした手触りがする。嚙《か》みついてみると、不思議な香りが鼻に抜けた。なに、と表現できない。たとえもいまいち浮かばない。初めて嗅《か》ぐような、匂いだ。

続いて、甘味がやってくる。これまた不思議な甘味だ。確かに甘いのだが、決して主張は強くない。一方で、控え目ということもない。押しは強くないのに、存在感がある。

もっと不思議なのが、後味だ。それまでの甘さとは違う風味が、最後に生まれるように感じられるのである。どんなものかと聞かれれば、これまた表現が難しい。何か、お菓子らしくないのは間違いない。

お茶をすする。不思議な後味が、解決されるかのようだ。一緒に味わうと言うよりは、仕切り直すような感じである。

さて、お茶で仕切り直してみると、恒太郎はもう一個食べたくなった。美味《おい》しく感じるが、何よりもこの味は新しかった。銘菓というからには昔からあるのだろうが、少なくとも恒太郎の人生には存在しなかった味だ。

「もう少し詳しく言いますと、軽羹というのが鹿児島の伝統的なお菓子で、かるかん饅頭はそれを饅頭としてアレンジしたものですね。軽羹はどういうものかというと、砂糖、うるち米を洗って挽《ひ》いたかるかん粉、そして山芋と水を原料に作ります」

「山芋？」

二つ目を食べる手を止める。あまりにも想定外の名前が出てきて、すっかり驚いてしまったのだ。

「面白いものだろう。山芋を菓子に使うというのも意外だが、山芋の味だ！　という感じでもなく、しかし確かに普通のお菓子とは違う風味がある。『独特の味』というと、何やら奇妙だったり風変わりだったり主張が強いものを想像しがちだが、実際のところはそういうものでもない。おかしなことをして目立つこと以外にも、個性を表現する手立てはあるということだな」

店長が言う。なるほどと頷かされる。

「さて、直すとするか」

店長は、作業を再開した。手にするのは、瞬間接着剤である。

割れたケースの断面に塗ると、ケースを両端からぐっと押さえ込んでしばらく固定する。

可愛らしい肉球で挟んで押しているので、何やらぷにぷにとしていて効き目がなさそうだが、店長が前足を離すとケースはくっついた。

「勿論《もちろん》、これだけでは終わらぬ」

そう言って店長が次に出したのは、マスキングテープだった。様々な姿勢を取る猫のシルエットが等間隔にプリントされた、可愛らしいデザインのものだ。

店長は、そのマスキングテープをケースに貼り始めた。ただ貼るのではなく、猫のシルエットの一つ一つが様々な位置にくるよう工夫し、見た目にバリエーションを付けていく。

「こんなものかな」

店長が、マスキングテープを貼り終えた。

「わ、すごい」

思わず、そんな声が出た。元々無地で無骨だったケースは、今や猫のシルエットで彩られたお洒落《しゃれ》なものへと生まれ変わっていた。言ってみればただテープを貼っただけなのに、見事なものである。

「さて」

店長は更に、瞬間接着剤で三角形の金属をケースに貼り付けた。

具体的に言うと、ケースの上部側面。その位置に三角形の金属がつけば、猫の耳のようである。なにやら、随分と可愛くなってしまっている。

「あの、それは一体」

「さぁびすだ」

戸惑う恒太郎ににやりと笑いかけてから、店長はふと目をぱちくりさせた。

「おっと、落款を押すのを忘れていた。すまぬがもう一度貸してくれんか」

店長が、手を差し出してくる。

「は、はあ」

恒太郎がスマホケースを返すと、店長は裏返して肉球を押しつけた。

「これでよし」

店長が前足を離すと、そこには肉球の跡がくっきりと残っていた。落款というより、手形な気がする。前足だから足形だろうか。

「大事にするのだぞ。すまほも、けぇすも」

店長が、言いながらスマホケースを改めて差し出してくる。

「――そして、写真の撮影もな」

こうして、恒太郎は猫耳のついたスマホケースを手に入れた。同僚たちにやたら持て囃《はや》されたり、駅のホームでネットを見ていると周囲の視線を微妙に集めてしまったりと、何だかちょっと扱いづらいのだが、かといって捨てたりしまい込んだりするのもどうかと思えて、恒太郎は猫耳スマホケースを使い続けていた。

まあ、そもそもたかがスマホケースである。猫の耳がついていたからといって、大したことではないだろう。——そう、思っていたのだ。猫の耳が、ぴこぴこと動くまでは。

とある休日のこと。恒太郎は、近所の生協に入っているクリーニング店へと向かっていた。スーツにうっかりコーヒーをこぼしてしまったのだ。

普段生協で買い物をすることがないので、通り道は新鮮な発見が多い。

「お」

今日恒太郎が見つけたのは、花だった。道沿いに建っている家の庭の柵《さく》に蔦《つた》が絡み、その蔦の至るところに青紫色の花が咲き乱れている。クレマチスという花だ。

「綺麗《きれい》だな」

恒太郎が呟くと、

「あら、ありがとう」

中から返事があった。びっくりして顔を上げると、柵の向こうから一人のおばあさんがひょっこり顔を出した。どうやら、クレマチスを育てたのはこの人らしい。

「あの、写真を撮っていいですか？」

おばあさんに、恒太郎はそう頼んでみる。人の家の花だし、黙って撮るわけにはいかない。顔を出してくれたのは、渡りに船というやつだ。

「ええ、どうぞ」

そう言うと、おばあさんは引っ込んだ。気兼ねなく撮ってくれ、という心遣いだろう。有り難いことである。

花を撮るのは、好きだった。桜や梅のように目立つ花も、タンポポやナズナのような雑草に混じった花もよく撮る。

クレマチスの花は大きい。撮影のし甲斐《がい》があると言えるが、一方で画面の作り方が難しい。花だけが写って、面白みのない絵になってしまうのだ。

ズームや角度の調整を繰り返しながら、何度も撮る。しかし、中々納得のいく一枚が撮れない。はてどうしたものかと手を止めたところで、恒太郎はぎょっとした。

「えっ」

ケースの猫耳が、動いたのだ。

ぴこぴこと、まるで本物の猫の耳のように。

「いや、いやいや。ないない」

思わず目の前の光景を否定する。そんな馬鹿な。あり得るはずがない。

「――待てよ」

少しして、恒太郎は考え直した。そうとも言い切れないのではないか。なにせこれは、喋《しゃべ》る猫が取り付けてきたものだ。常識では計り知れない機能が取り付けられていてもおかしくない。

周囲を見回す。上手《うま》い具合に、人は居ない。このぴこぴこの正体を、確認できそうだ。今の状態では、スマホケースはぴこぴこしない。しばらく待っても、同じだ。ゆっくり動かすと、再びぴこぴこした。

「わっ、と」

危うく落としかけつつも、恒太郎は何とか保持する。

スマホケースはぴこぴこ動き続ける。画面には、花が映っていた。どうやら、この状態になるとぴこぴこするらしい。理由は何なのか。

花だろうか。しかし、それは少しおかしい。先ほど恒太郎が撮っている時には何も起きなかったのだ。

時間？　気温？　気圧？　湿度？　太陽と地球の距離？　目に見えていないだけで、幽霊がいるという可能性もある。あるいは、撮影した瞬間何かが起こるということもあり得る。いきなり時間が逆回しになって花が種に戻るとか。あるいは、花がぶわっと一面に咲き乱れたりするかもしれない。

いくらでも理由を思いついて絞り込めない。スマホケースの猫耳が動くという事態が、恒太郎の想像力《イマジネーション》を一時的にひどく豊富にしているようだ。

ふわふわと、蝶《ちょう》が飛んできた。蝶は、恒太郎がカメラを向けている花に止まる。すると、猫耳に更なる変化が現れた。ぴこぴこのスピードが上がったのだ。

蝶は花から離れない。接写モードに切り替え、拡大する。

唯一の趣味かもしれない撮影だけに、その道具となるスマホは撮影機能を重視している。液晶画面の中で、蝶は丸まった口の部分まではっきりと映し出されていた。

そこに、もう一匹蝶が現れる。種類も大きさも、同じくらいの蝶だ。もう一匹の蝶も、同じ花に止まった。猫耳の動きが、ぴこぴこぴこぴこと激しさを増す。

――はっ、と。恒太郎は息を呑《の》む。これは、まさか。

ズームを調整し、その他の設定もできる限り調整し、恒太郎はスマートフォンのサイドボタンを押す。撮影音が響くのと、蝶が飛び去るのはほとんど同時のタイミングだった。

恒太郎はスマートフォンの画面を見る。そこには、二匹の蝶の羽根で象《かたど》られたハートマークが写っていた。

画像SNSでの「いいね」は、アベレージで百を超えることを目標にする——そんな指南をするサイトがよくある。

そこに恒太郎のアカウントKotalow_lightyearは、二匹の蝶の羽根で作られたハートマークで五千いいねを稼いでデビューした。

ハートマークは、ただそう写っていただけではない。何か、人の心をときめかせるような、ロマンティックな気分にさせるような、そんな雰囲気があったのだ。

『バズる』という事態がどういうことか、恒太郎は初めて知った。それは、想像以上に——凄《すさ》まじかった。

通知、通知、また通知。次から次へと、文字通り絶え間なくスマホに通知が押し寄せた。それは全て、恒太郎の写真へのリアクションだった。

いいねが増える。フォロワーが増える。大勢の人々が、恒太郎の写真に心を動かされていることが、繰り返し繰り返し証明されていく。

いいねした人を、フォローしてきた人を、恒太郎は一人一人確認した。女性もいた。男性もいた。誰でも知っている有名人もいれば、フォロワー一人のアカウントもいた。海外からも沢山来た。縁もゆかりもない人たちが、ただ恒太郎の写真一つで繋《つな》がったのだ。

『center_sandman　かわいい……』

『tetsujin8gou　綺麗だなあ』

『mana_winchester　こういう写真撮れる人って、きっとわたしなんかより世界がずっと素敵に見えてるんだろうなあ』

コメントも、次々に押し寄せた。一つ増える度に、心地よい痺《しび》れるような感覚が恒太郎を貫いた。

『Kotalow_lightyear　ありがとうございます！』

恒太郎は一つ一つに返信をした。頬が、緩みっぱなしだった。


それからというもの、恒太郎は猫耳が動く度に写真を撮り、画像ＳＮＳに投稿した。どの写真もバズった。いいねもフォロワーも、次々に増えた。

そうなってくると、色々気になってくる。自分の行動圏内ばかり撮影していると、個人が特定されてしまわないかとか。パターン化してしまうと、飽きられないかとか。

というわけで、恒太郎は遠出をしてみることにした。家と会社の往復ばかりしていた頃からは、考えられないほどの積極性だった。

電車に乗って遠くまで行き、適当に知らない駅で降りてみる。眺めも新鮮で、道行く人の雰囲気も何だか違って感じられる。

『touhoku_neko_runnerさんがあなたの投稿にいいねしました』

スマートフォンには、常時通知が来ている。電池の減りが早くなるので切るべきなのかもしれないのだが、開く度に通知が沢山来ているのが心地よくて中々それもできない。

天気は、あいにくの曇りだった。光の量が落ちて画面が暗くなってしまいがちなので、あまり好きではない。季節の変わり目で冷たい風が吹いているのだが、曇り空がその寒さをより強めていた。

駅から出て少し歩くと、ロータリーの傍に馬に乗った鎧《よろい》武者の像があった。恒太郎の最寄り駅にこういうものはないので、なんとも物珍しく感じられる。

脇にある解説文によると、源氏《げんじ》のえらい人らしい。源氏と言われても、頼朝《よりとも》と義経《よしつね》くらいしか知らないので一体誰なのやらという感じである。

折角なので、記念に撮っておくかとスマホを向ける。すると、猫耳がぴこぴこと動いた。いきなりの収穫のようだ。

慎重に構えて、サイドボタンを押そうとしたその瞬間。雲が切れて、太陽が差し込んだ。撮影してみると、日光を浴びて実に格好良い武士の写真が撮れた。

「よし」

恒太郎は、手応《てごた》えを感じた。今まではどちらかというと、最初の写真のようなちょっと優しい感じのものが多かったが、これなら違う層にも届いて更に幅広いフォロワーを獲得できるかもしれない。

早速、コメントをつけてアップロードする。よく知らない源ナントカさんの像だが、よく知らないと言ってしまうのも格好悪いので、丸写しにならない程度に解説板から情報を抜き出し、さりげなく歴史に詳しい風を装ったコメントを付けておく。

アップロード。すると、通知が一気に増える。一番気分の良い瞬間だ。

「あの、すいません」

立ったまま通知を一つ一つ確認していると、いきなり声を掛けられた。

「ちょっといいですか？」

話しかけてきたのは、お洒落《しゃれ》なデザインの眼鏡を掛けた女性だった。膝《ひざ》より少し上のタイトスカートにタイツ、靴は茶色のブーツ。上にはふわふわとしたニットのセーターを着ている。結構、タイプな感じである。

「もしかして、Kotalow さんですか？」

「ああ、はい」

どきりとしつつ答えると、

「うっそ！　信じられない！」

女性は、目を見開いて口に両手を当てる。

「さっきからそこの像の写真撮ってる人がいて、珍しいなと思って見てたらKotalowさんのアカウントに写真がアップされて、それでそれで」

随分と狼狽《うろた》えた様子だ。勿論《もちろん》、恒太郎も同様である。声を掛けられるなんて、しかもそれが女性からなんて、一体どうしたものやら。

「わたし、Kotalowさんフォローしてて、いつも写真楽しみにしてるんです。会えて、なんだか夢みたいっていうか」

女性が、うっとりした目で見てくる。ドキドキしてしまう恒太郎である。

「一緒に写真撮ってもらってもいいですか？　あ、勿論上げたりしないので」

そう言うと、女性は不安そうな仕草で恒太郎の目を見てくる。

「はい、はい。自分なんかで良ければ」

慌てて恒太郎がそう答えると、女性は満面の笑みになった。

「じゃ、すいません失礼しますっ」

そしてスマホを出すと恒太郎の横に立ち、手を伸ばしてインカメラで自撮りを試みる。

「うーん、上手に入らないな」

そう言って、女性はぐいぐいと体を寄せてくる。体とか胸とかが当たって、色々緊張してしまう。

「うーん――それっ。あ、撮れた！」

撮影ができた。女性は、嬉《うれ》しさを全身で表現しながらスマートフォンを覗《のぞ》き込む。立っている位置は、最初よりも近い。

「あ、あの」

女性が顔を上げてきた。

「わたしのアカウントは、suzunone_key ってやつです。Kotalow さんに比べると全然なんですけど、色々撮ったのも上げてます」

「いえ、そんな。自分なんて、まだまだ」

じっと見られて、照れてしまう。思わず恒太郎は俯《うつむ》いた。

「またまたー。そんな謙遜《けんそん》しちゃって」

女性が、恒太郎の腕をぽんっと叩《たた》いてきた。その手の感触も、柔らかい。

「それじゃ、失礼しますね。頑張って下さいね！」

手を振って、女性は去っていく。何度も頭を下げて見送ってから、ふとアカウントを教えてくれた意味に恒太郎は気づいた。

スマートフォンを取り出し、先ほど聞いたアカウントで検索する――見つけた。なるほど、確かに恒太郎のアカウントをフォローしてくれている。

恒太郎は早速フォローを返し、メッセージを送ることにした。しかし、なんと言えばよいものか。

『わあー！　フォローありがとうございます！』

文章を書いては消し、書いては消ししていると、向こうからメッセージが来た。

『いえいえ。今日は、本当にありがとうございました』

慌てて返信する。

『とっても楽しかったです！　きゃーもうどうしよう』

女性のメッセージはハイテンションで、恒太郎に会えて喜んでいることは一目瞭然《いちもくりょうぜん》だった。

——いや、違う。憧れの人である恒太郎に会えて、彼女はこんなにも喜んでいるのだ。

恒太郎の中から、言葉にできない感覚が溢《あふ》れ出してくる。今まで、経験したこともないようなものだ。

これは一体何なのか。考え込んでいると、また女性からメッセージが来た。

『これからもよろしくお願いします！　お写真、楽しみにしてます！』

それを見ているうちに、恒太郎は自分の中にあるものに名前を与えることができた。

——自信。そう、今の恒太郎は自信に満ち溢れているのだ。

海に行った。山に行った。カフェ。レストラン。動物園。観光地。ありとあらゆる場所で、写真を撮った。

いや、それは語弊があるかもしれない。写真を撮ったのは、いつもあの猫耳が動くところだった。あの猫耳は、瞬間の美しさを見抜くのだ。いや、耳だから聞き分けると言った方がいいか。

何にせよ、猫耳が動いたところで写真を撮れば絶対に外れがなかった。必ず人気が出て、沢山のいいねと大勢のフォロワーを連れてくる。

高価な一眼レフのデジタルカメラを買ってみたこともあった。画質としては、当然スマホより圧倒的に上である。だが、価値はゼロだった。

猫耳が教えてくれない写真を撮影しても、いいねが稼げないのだ。そんな写真、アップする意味がない。

最近は、一つ一つの通知を確認しなくなった。時間的に不可能ということもあるし、もうそれくらいのことで喜ぶ段階は過ぎたという感じがあった。

『彩遊《さいゆう》出版の森《もり》と申します』

画像SNSのアカウントに、こんなメッセージが届いたのだ。

当社はどうの、現代社会において何のという前置きに続いて現れた文章に、恒太郎は心底興奮した。

『是非、貴方《あなた》の写真を写真集として出版したいと考えております』

写真集。胸が高鳴るのが抑えられなかった。テレビに出たりするかもしれない。色々なサイトやマスコミから取材の申し込みもあるかもしれない。そして夢の印税だ。写真を撮るのにあちこち出かけていて、財布事情は常に火の車だったが、ようやく元が取れそうだ。

早速引き受けようとして、恒太郎は考え直した。あまり簡単に返事をしては、足元を見られるかもしれない。上手《うま》く交渉して、条件を吊《つ》り上げるのだ。

恒太郎は、スマホケースを眺める。その耳部分を見つめる。これさえ。これさえあれば。

バラ色の人生が、待っている――


「ふむ」

店長は、カウンターで音楽を聴きながらネットサーフィンをしていた。

眼鏡を掛けている。端末は十一インチのタブレット。音楽は、背後の棚に置かれたスピーカーから流れていた。

「店長、外とショーウインドウの掃除終わりましたよ」

青年が中に入ってきた。店長の様子を見るなり、不満げな表情に変わる。

「もう、人に働かせておいて自分は何を遊んでいるんですか」

「遊んではおらぬ。いんたぁねっとをしておる」

「それを遊んでいるっていうんですよ」

むくれながら、青年はカウンター席に座る。丁度、店長と向かい合わせになるような形だ。

「結構激しい音楽聴いてますね」

青年が、意外そうに言う。スピーカーから流れる音楽は、ヘヴィなギターとベースに連打されるドラム、そして激情溢れる叫びと繊細な歌を使い分けるヴォーカルが特徴的なロック音楽だ。

「わしは現代的な庵主《あんしゅ》だからな。良いぶろぐを見つけて、そこで情報を集めておるのだ。そして、さぶすくーるまんしょんで聴いておるわけだな」

えっへんと、店長が胸を張った。尻尾《しっぽ》は、ドラムのリズムに合わせてぱたぱたと動いている。

「定額聴き放題《サブスクリプション》ですね」

店長の豪快な言い間違いを、青年がさらりと訂正した。

「わ、分かっておる」

動揺を隠そうとしているのか、店長は殊更偉《ことさら》そうな態度を取る。

「童《わっぱ》は知らぬかもしれぬがな、今の時代はぶるぶるとぅーすを使うと線を繋《つな》がなくてもすぴーかーから音楽を流せるのだぞ」

「知ってますよ。ちなみにブルートゥースです」

くすくす笑いながら、青年が言う。

「まあ、分かっておる。分かっておるぞ。ぶるぅ、あー、ぶるぅ、とぅーす。だな」

「へえー」

全然信じてない声色で、適当な返事をする。

「更に質問です。アカウントとか支払いとかどうやってるんですか？」

「そこら辺は上野さんがやってくれたな。ねっとの回線等も準備してくれたぞ」

「店長の現代性は上野さんに外注しているってことですね」

「ち、ちがう！　そんなことはない！　今も、画像えすえぬえすにろぐいんして時代の最先端をちぇっくしておるぞ」

「もう結構定着してて、最先端かどうかは分からないと思いますけど——」

青年が身を乗り出して、タブレットを覗き込む。

「あの、店長」

そして、怪訝《けげん》そうな顔になった。

「アカウント名間違えてません？　ntaan_ansyu ってなんか変ですよ。んた～ん・あんしゅってなってますけど、これ絶対猫庵庵主《あんしゅ》って入れたかったんですよね」

「な、なんだと」

店長が、慌てた様子で確認しようとする。

「む？　むう」

しかし、アカウント名の小さな英字が読みにくいのか、店長は眼鏡を頭の上にやり、目を細めてタブレットから顔を離したり近づけたりする。

「完全におじいちゃんですね。大きくする操作方法あるんですけど、知ってます？」

青年が、親指と人差し指をくっつけてから離すジェスチャーをする。

「し、知っておる。どらっぐあんどどろっぷというやつだな」

「徹底して間違えてて面白いです。店長、本当に機械音痴ですね。そのタブレット、壊れたらお直しできなそう」

「むむ、むむむ」

最早《もはや》店長は何も言わず、尻尾だけ悔しそうにぱたぱた言わせながら手でちょいちょいとSNSの閲覧を再開する。肉球で画面にタッチし、ちょいちょいと動かす。

「何だか招き猫の応用みたいですね。あるいは猫じゃらしで遊んでもらう猫みたいな」

青年が茶化す。店長は表向き返事をしないで無視しているかのように装うが、尻尾がなんだと童めと言わんばかりにぱたぱた動くので内心はバレバレである。

「――む」

しばらくして、ふと店長が手を止めた。その表情に、今までとは違う憂いが翳《かげ》る。

「どうしました？」

青年が、もう一度タブレットを覗き込もうとする。

「見てみい」

店長がタブレットの向きを逆にした。

「あ、どうも」

見やすくなったので、青年は椅子から浮かした腰を元に戻す。

画面に映し出されているのは、とあるアカウントだった。フォロワーは多く、一つ一つの画像に驚くほどのいいねとコメントがついている。

「これは、あの人ですよね。スマホケースを壊しちゃった」

「うむ」

アイコンは、猫耳のついたスマホケースだった。店長は、いくつかの画像を見て回り、深々と溜《た》め息《いき》をついた。

「写真撮影を大事にしろと言ったのだが、できていないようだな」

「まあ、まだ分かりませんよ」

青年が、普段の憎まれ口とは打って変わって優しい声で言う。

「気を取り直して。何か淹《い》れましょうか？」

「こぉひぃだ。菓子はびすけっと系統のものだ」

しょんぼりしている割に、店長はしっかりした要求を青年に出した。

「はいはい」

青年は立ち上がり、カウンターの中に入ると勝手口から外に出ていった。

「猫の手は、あくまで背中を押すためのもの」

一人残された店長は、眼鏡を外す。

「押した後、どこへ向かって歩き出すかは本人の足だ。行き止まりや崖《がけ》に辿《たど》り着かねばよいが」


「素敵な写真を撮る秘訣《ひけつ》って、ずばりなんですか？」

那須《なす》とかいう名前の女性誌編集者が出してきた質問は、恒太郎にとってもう何度答えたか分からないようなものだった。

「そうですねえ」

内心でうんざりしながら、恒太郎は真面目に考える素振りをする。せめて相手が好みのタイプだったら答えようという気にもなるのだが、この那須はまったくである。派手な色の長い髪に、いかにも流行《はや》りの服とメイク。どうもぴんとこない。

「やっぱり難しいですかねえ」

那須が、気遣うように言う。写真集を出した画像SNSの有名人相手ということで、機嫌を取ろうとしているのだろう。

「積み重ね、ですかね」

さっさと切り上げたいので、恒太郎は用意してある答えを返すことにした。

「写真を好きな気持ちそのままに、打算とかなしでやるのが一番です。撮る人の気持ちや人柄も、写真に写り込むものですからね。写真って言うのは、ある意味で撮った人そのものなんです」

帰り道、恒太郎はスマートフォンを取り出した。今日は、住宅街に入ってみることにする。他人の住まいを撮るとプライバシーがなんだのとうるさいように思えるのだが、恒太郎は別である。何しろ、猫耳が問題のない形で撮影してくれるのだから、心配無用なのだ。

歩きながら、スマートフォンをあちこちに向ける。猫耳は動かない。中々当たりが来ないようだ。見た感じ割と金のかかった家が多そうだが、さっぱりである。高い金をつぎ込んでもＳＮＳ映えする写真一つ提供できないとは、センスのない住人ばかりなのだろう。まったく、使えない。

不満を抱きながら「写真探し」を続けていると、お年寄りの乗った自転車が向かいから走ってきた。恒太郎は、知らん顔をして取り合わない。写真を撮るので忙しいのだ。そっちが避《よ》けろという話である。

お年寄りは、ふらふらしながら恒太郎を避けた。まともに乗れないなら、自転車など乗るなという話である。

「――お」

ふと、恒太郎は近くの家の庭から生えている木に猫が登っていることに気づいた。黒猫である。

猫の写真はポイントが大きい。いわゆる安全牌《ぱい》なのだ。とりあえず猫を出しておけば、すぐにいいねが集められる。

向けてみるが、猫耳は反応しなかった。ひょっとしたら、角度かもしれない。今までにも、同じものでも違う角度からスマートフォンを向けると耳が動くことはあった。

周囲の様子を、注意深く観察する。空き巣や変質者と間違われると面倒だからだ。

通行人がくる気配はなかった。近所の家からこちらの様子を窺《うかが》っている、ということもなさそうだ。

「動くなよ」

恒太郎は、小声で猫に呼びかけながら近づき始めた。

猫は逃げない。初めのうちは興味なさそうに恒太郎を見下ろしていたが、あくびを一つして遠くへと目を向けた。

猫耳は中々動かない。更に近づこうとして、恒太郎は足を止めた。——ちょうど邪魔な位置に、花壇があったのだ。

ブロックか何かを家の敷地の際に積み上げ、その上が花壇になっている。高さは膝《ひざ》まであり、幅は両足を揃えて立てるか立てないかくらいだろう。

花壇には、何かの花が咲いていた。恒太郎は舌打ちをする。ひょっとしたらチャンスかもしれないのに、こんな下らないものの為に妨害されるなど、腹立たしくてならない。

そもそも花は長く撮っていない。なにしろ、猫耳が反応しないのだ。そんなもの、撮るだけ無駄というものである。

相変わらず、周囲に人の気配はしない。よし、と腹を決めると、恒太郎は——花壇に土足で登った。

咲いている花のことは気遣いもせず、踏み荒らしながら位置を調整する。こんなところに花壇を作る方が悪いのだ。

猫耳が動いた。よしと内心で快哉《かいさい》を叫びながら、写真を撮影する。——いい写真が撮れた。枝の上で物思いに耽《ふけ》る猫。何かちょっとしたポエムみたいな文章でも付ければ、あっという間にいいねの嵐だろう。

再び歩きながら、恒太郎はスマートフォンに適当なポエムの文章を打ち込み始めた。


「――あれ？」

恒太郎が首を傾げたのは、それから数日後のことだった。

「なんでだよ」

猫耳が、まったく動かなくなったのだ。

最初は、場所が悪いのかと思った。しかし、どこへ行っても、何にカメラを向けても、猫耳はうんともすんとも言わなくなったのだ。

最後に撮ったのは、あの木の上にいた猫の写真。あれ以降、全然写真が撮れていない。

恒太郎は焦り始めた。ＳＮＳというのは、すなわち絶え間なく押し寄せる情報の波だ。どんなに人気があっても、活動していなければあっという間に押し流され忘れ去られてしまう。

どうしても猫耳が動かないので、恒太郎はともかく自分で撮影することにした。どうせ、フォロワーの大半は写真の良し悪しもろくに分からない素人だ。人気アカウントが撮った写真なら、何でも持ち上げるに違いない。

王様は、裸でいい。現実の民衆は、たとえ子供が裸だと指摘しても王様が堂々としていればやはり褒め称《たた》えるのだ。王様が「自分は服を着ている」と断言すれば、それが真実になる。本当に着ているかどうかなど、大した問題ではないのである。

とりあえず、人気の傾向だけは摑《つか》んでおこう。目に見えない服でも、「今年の流行」くらいの能書きは必要だ。ひとまず、投稿数の多いキーワードやハッシュタグをあれこれと検索する。

「――ん？」

その途中で、ふと恒太郎は見覚えのある光景を撮影した写真を見つけた。何だったかしばらく考えて、思い当たる。あの邪魔な花壇だ。何事だろうかと飛んでみる。

写真は、花壇が無惨に踏み荒らされた様子を写したものだった。あれえ、ここまでやったっけなと首を傾げる。単純に、自分がどこまでやったか覚えていなかったのだ。そもそも、ろくに確認もしていなかったと思う。

『mika_and_mikamama
娘の実夏《みか》と一緒につけてきたお花の成長記録ですが、花壇がこんなことになってしまい、これまでの写真は見ていると辛《つら》くなるので全て消去します。今まで見てくれた皆様に連絡するために、このアカウントは置いておきます。ありがとうございました』

フォロワー数を確認して、恒太郎は鼻で笑う。皆様とか何とか言っているが、たったの五人である。零細どころではない、塵芥《じんかい》のようなアカウントだ。やめると言っているのに、ついているコメントも一つ二つである。ど素人でも、付き合いでもう少しフォロワーは増えるものだろう。

もう消されていて確認できないが、よほどつまらない写真だったに違いない。そもそも、恒太郎は咲いていた花が何だったのかも覚えていなかった。そもそも、花の種類がどうということにも興味を失って久しいのだが。

何にせよ、自分だとはばれていないらしい。だったらいいだろう。自分さえ黙っていれば、何の問題もない。恒太郎は花壇を意識の外に押しやり、流行を追う作業を再開した。

結局、恒太郎は人気の店に行って「映える」メニューを注文することにした。

今まであまりやったことはなかった。猫耳はこの手のものにも反応することが少なく、費用対効果《コストパフォーマンス》が悪いからだ。しかし、こうなってしまっては背に腹は代えられないというものである。

「グランドリームパフェです」

それは、容器に無闇《むやみ》矢鱈《やたら》と派手な色合いのお菓子とクリームをねじ込んだパフェだった。

いかにもSNSに投稿されることを前提として作られたような感じだ。

恒太郎は写真を撮り、適当なコメントを打ち込んでアップする。

反応は、すぐにあった。いいねが押され、コメントが連なる。

『fusa_fusa_marimo　久々の投稿！　嬉《うれ》しいです〜』

『ryo_mame0930　美味《おい》しそうですねっ』

『funfanfare1998　自分もこの前行きました。素敵なお店ですよね』

ありきたりで薄いものばかりだが、とりあえず好評だ。だというのに、恒太郎は顔をしかめた。――やはり、良くない。

目に見えて、批判されたりしたわけではない。ただ、反応が明らかに「鈍い」のだ。いいねのスピードも、コメントの量も、明らかに少ない。

きっと、久しぶりだからだ。自分に言い聞かせる。間が空いてしまったから、一時的に離れてしまった人もいるはずだ。いずれは、戻ってくるだろう。

元々なのか、あるいは不安で味覚がぼやけてしまったのか、グランドリームパフェはあまり味がしなかった。

恒太郎の不安は、適中していた。徐々に、しかし確実に。恒太郎の人気は下降していったのだ。

恒太郎は様々にテコ入れを図った。以前買った高価なカメラをもう一度試してみたり、話題のイベントに出かけてみたり、大して興味もないのに小物を集めてみたり。海外に旅行さえしてみたのだが、それでも駄目だった。フォロワーは減り続け、いいねはつきにくくなっていった。

――おかしなことをして目立つこと以外にも、個性を表現する手立てはあるということだな。

恒太郎の脳裏に、そんな言葉が甦《よみがえ》った。一体誰の言葉だったか思い出せないが、とにかく綺麗事に思えた。コンテンツ過多な現代では、どうにかして目立たないといけない。中身がいいだけでは、分かってもらえない。「凄《すご》そうに見える」ことが、「人気がある感じがする」ことが、大事なのだ。恒太郎はそう信じてあがき続けたが、何一つ上手《うま》くいかなかった。

恒太郎は、過去の人になりつつあった。出した写真集は飽きられ、古書店やネットショップの中古品として溢《あふ》れかえっていた。次のものを出してみてはどうかという風に編集者に持ちかけてみたが返事は芳しいものではなく、やり取りのスパンはどんどん開き遂《つい》には途絶えてしまった。

あの駅前で会った女性のアカウントを検索してもみた。彼女とはメッセージのやり取りをしたり会ったりしていたが、最近は全然連絡を取ってくれなくなっていたのだ。

彼女は恒太郎のフォローを外し、別の人気アカウントとコメントをやり取りしていた。その文面は、恒太郎とやり取りしている時と、全く同じようなものだった。

「くそっ」

スマートフォンを、部屋の床に投げつける。部屋で写真を撮るとき見栄えを良くするためにカーペットを敷いていたこともあり、スマートフォンやケースが派手に壊れるなどということもなかった。ただ鈍い音を立てて、ひっくり返る。

「——あれ」

そのケースの背面を見て、恒太郎はふと違和感をおぼえる。何かが違う。何か、あったはずのものがないように思えるのだ——

「あっ」

気づいた瞬間、恒太郎は悲鳴のような声を上げた。

ケースから、肉球のマークが消えている。なぜ猫耳が動かなくなったのか、その理由は明白すぎるほど明白だった。

「確か、この辺だったんだ」

切羽詰まった恒太郎が取った行動は、もう一度あの店を探すことだった。もう一度、あの店長に会うのだ。会って、スマホケースに肉球のマークを付けてもらうのだ。

「どこだ、どこなんだよ」

以前撮った看板の写真は、なぜか撮影に失敗していた。確かにちゃんと撮ったはずなのに、その日その時間のタイムスタンプが押された画像は真っ黒だったのだ。

記憶だけを頼りに、必死で歩き回る。この角の先——いや、違う。この四《よ》つ辻《つじ》の左側——やはり違う。見つからない。どうしても、見つからない。

休日中、丸一日歩き回っても恒太郎は猫庵を見つけることができなかった。猫庵は、消え失せてしまっていた。まるで、初めから存在しなかったかのように。


遂に恒太郎は、写真のアップを止めた。画像SNSにログインすることもしなくなった。恒太郎は、元の恒太郎に戻った。

待っていたのは、以前よりも辛《つら》い毎日だった。かつては耐えられた。退屈な生活以外を知らなかったからだ。しかし、今となってはとても苦しかった。刺激と賞賛に溢れた日々。自分が認められていると実感できて、女性からもチヤホヤされて、お金だって稼げた日々。それを知ってしまってから、また元の何もない暮らしへと戻るのは、言葉にできないほど惨めだった。

恒太郎は、すっかり『認められること』に依存していたのだ。薬物やアルコールの中毒患者と、ある意味では通じているといえるかもしれない。

ただし、ドラッグや酒とは根本的に異なる。いくら金を積んでも、もう二度と手に入れることはできないのだ。どんな密売人も——才能だけは売ってくれない。


『バックします、ご注意ください。バックします、ご注意ください』

アナウンスを流しながら、トラックがスーパーの裏手の駐車スペースへ入っていく。西に傾いた日が直接入るのか、運転手が顔をしかめて日除《よ》けを下げる。

その前を通るようにして、スーツ姿の恒太郎は家路を急いだ。午後五時に仕事を終え、残業もなく家に帰る。これでいいのだ。自分は恵まれている。世の中にはもっと苦しい環境で生きている人がいくらでもいる。それに比べれば幸せなのだから、これ以上を望んではいけない——

ふと、恒太郎は足を止めた。ひどく、見覚えのある光景。ここは、そう——確か。

恒太郎の全身に、電流が走る。記憶が、甦る。

「人形だ」

我知らず、恒太郎は口にしていた。そう。あの日、恒太郎は人形を撮影した。打ち捨てられた、寂しい人形を。今思えば、あれが全ての始まりだったのではないだろうか。まったく、どうして忘れてしまっていたのか。

少し行けば、電柱がある――見えてきた。あれだ、あの電柱だ。一度は諦《あきら》めかけた夢が、急にその輪郭を取り戻していく。もしかしたら。もう一度あの手順をやり直せば、道が拓かれるのではないか。もう一度あの店が現れて、もう一度お菓子を食べさせてくれて、もう一度スマートフォンに魔法のようなものをかけてくれて、もう一度恒太郎は人気を取り戻して――

「――ああ」

恒太郎は立ち尽くす。

電柱の陰に、人形など、なかった。

置き忘れていた子供が取りに帰ってきたのか、誰かが拾っていったのか、ゴミとして回収されてしまったのか。それは分からない。ただ、揺るがしようのない事実として、人形はなかった。全ては、過去になっていた。

恒太郎の目に、涙が滲《にじ》む。自分は――何をやっていたのだろう？

もし、猫耳が教えてくれる写真から学んでいたら。恒太郎の写真は上達し、自分の感じる良さというものを、他人にも伝わる形で撮影できるようになっていたかもしれない。だというのに、恒太郎はただ「猫耳の動いた時に写真を撮る」というやり方に頼り切るだけで、写真を撮ることそのものに向き合うことを遂にしなかった。

――撮影を、大事にするのだぞ。

店長の言葉が甦る。そう店長は教えてくれていたのだ。全然、気づいていなかった――

――どれだけ、そこに立ち尽くしていただろう。

「よし」

恒太郎は、決意した。それは、きっとここ最近で一番前向きな決意だった。憑《つ》きものが落ちたような、そんな感じだ。一番最初に戻り、振り出しに立ったことで、今まで曇っていた目がすっきり見えるようになり始めている。

――きっとこれからも、あの輝かしい日々を思い返して苦しむことはあるに違いない。それは一生続くはずだ。

だが、今はそんなことにとらわれていてはいけないと、気づいたのだ。今、恒太郎には、やらねばならないことがある。

どうして、こんなことにも気づかなかったのか。最初の最初に戻ってようやく理解するなんて、間抜けすぎる。悔いが生まれる。恥ずかしさに身もだえする。だが、もう立ち止まってはいられない。

過ぎた時間は、戻らない。やってしまったことは、取り消せない。

しかし。責任を取ることは、けじめをつけることは、できるはずだ。

次の休日。恒太郎は花屋でクレマチスの種を買い、書店の文房具コーナーで便箋《びんせん》と封筒を買った。クレマチスにしたのは、立ち返るためだった。最初の最初、きっかけとなったのはクレマチスの花とそこに止まる蝶《ちょう》だった。あの写真を撮った時の恒太郎は、まだ道を踏み外してはいなかった。その時の自分に戻って——詫《わ》びるのだ。

家に帰って、手紙を書き始める。手書きで誰かに手紙を出すなんて、一体いつ以来だろうか。

『はじめまして。いきなり手紙を差し上げてしまってすみません。どうしても、お詫びしたいことがあります』

一切隠しだてをせず、自分のやったことを包み隠さず書いていく。

『許してもらえるとは思っていません。しかし、時間が経って、自分のしたことがいかにひどいことか分かって、謝らずにはいられなかったのです』

本当は、手紙ではなく直接謝りに行きたかった。しかし、小学生ならいざ知らず恒太郎のような成人の男性がいきなり家にやってきて謝らせろなどと言ったら、不気味にしか思われないだろう。

手紙を書き上げ、封筒に入れる。クレマチスの花の種も一緒に入れる。

内容も、花の種類も、そもそも手紙を出すことさえ、自己満足と言われれば返す言葉もない。しかし、こんなことさえ満足にできないようでは、恒太郎はいつまでも自分を許すことができない。


その大学の学食には、名物の女子学生がいる。通り名は『弓の人』という。

弓を持って食堂に来る学生自体は、そう珍しくもない。弓道部は結構成果を出していることもあり、部員が多いからだ。

では、『弓の人』がただ一人名物化したのはなぜか。それはずばり、食べる量である。

「よく食うよねえ」

同じ机に座った彼女の友人たちが、呆《あき》れた様子を見せる。

「いやあ、もうお腹空《す》いちゃってさ」

弓の人の前には、カロリーの塊のような丼《どんぶり》ものとオムレツが並んでいる。この非合理的な組み合わせは勿論《もちろん》学食のメニューには存在せず、彼女が単品で頼んで定食化しているのである。一般的には、『弓の人定食』と呼び習わされている。固定なのは丼だけであり、オムレツは日によってラーメンだったりハンバーグだったり麻婆《マーボー》豆腐だったりする。

「なんでそんなに食べても太らないのか意味不明だわ」

友人の一人が、羨《うらや》ましそうに言う。確かに、弓の人の体型は同年代の平均から大きく逸脱するものではない。むしろ、腕や足は引き締まっていて、より健康的にさえ見える。

「そりゃーもう、毎日運動してますから部活で」

「いや、それでもおかしいって。カロリーの収支どうなってるの？　謎の割引制度でもあるの？」

「まあでも、この子の筋肉凄《すご》いよ。この前一緒に温泉行ったとき見たけど、背中とか凄いよ。なんか沢山筋入っててムキムキなの。あれよあれ、富士山の上の白くなってるところみたいな？」

「ちょっと、人の背中を山岳にたとえるのはどういう了見――」

抗議していた『弓の人』は、いきなり言葉を切る。その目は、『弓の人定食』の脇に置かれたスマートフォンに釘付《くぎづ》けになっていた。

「うそ、ほんと？」

ご飯を中断し、スマートフォンの操作を始める。

「あっ、やっぱりだ。嬉《うれ》しい！」

そして、何やらはしゃぎ始めた。

「なに、なに」

「どうしたの？」

友人たちが、不思議そうに訊《たず》ねる。

「ほら、前言ったじゃん。あの止まっちゃったアカウント」

『弓の人』がそう言うと、友人たちはそれぞれ考える様子を見せる。

「確か、あれ？　親子で花を育てて写真上げてたの」

「ああ、花壇荒らされて消しちゃったんだよね」

「めちゃがっかりしてたよね」

やがて、友人たちはそれぞれ断片的な記憶を甦らせ、一つに繋《つな》げた。

「そうそう、それ！　わたしね、ずっとフォローだけは外さないで置いてたの。そしたら、今通知が来たのよ。また更新再開したって。見てみてほら！」

『弓の人』が友人たちにスマートフォンを見せる。

画面には、家の敷地の際に作られた花壇に種を埋める女の子の姿を写した画像が表示されていた。

画像に添えられたコメントは、こういうものだった。

『更新再開します。今度はクレマチスを植えました。綺麗《きれい》な花が咲くといいですね』

五章　駆け抜けろ！　店長サンダル

　夜の街を、若宮碧衣《わかみやあおい》は走っていた。

　上も下も部屋着、足元はサンダル。ぼさぼさな髪を誤魔化すべく帽子を目深に被《かぶ》り、顔はすっぴんだ。最初はマスクで隠していたのだが、マスクをして走るというのは思った以上に息苦しく、途中で取ってしまった。

　すっかり引きこもっていた碧衣が、こんな着の身着のままで走り回っているのには理由《わけ》がある。友達が、いなくなったのだ。とても大切な、親友が。

　息苦しいのを通り越して、肺が痛い。肺が痛みを感じたりするのかどうか分からないので、本当は別のところが痛いのかもしれないが、いずれにせよこんなのは初めてだ。体力が落ちているのにいきなり全力で走っているから、普通では起こらないような不具合が発生している。

「はっ、はっ――」

　激しく息をつきながら、碧衣は立ち止まる。いそうな場所は回った。思いつく限り、全部回った。しかし、見つからない。どうしても、見つからない。

膝《ひざ》に両手を当て、しゃがみ込む。急に止まるのは体に良くない。体育の授業でそう教わったものだが、ゆっくりペースを落とす余裕さえ碧衣にはなかった。座り込まないでいるのがやっとだ。

碧衣がいるのは、繁華街の路地裏だった。建物と建物の隙間、使われているのか分からない扉。壁を這《は》う配管と室外機、どこかから飛んで来たらしきぐしゃぐしゃのチラシ。あまり、長居すべき場所ではない。呼吸を整えたら、すぐに離れないと——


「どうしたの？」

いきなり、声を掛けられた。

「大丈夫？」

話しかけてきたのは、スーツ姿の男性だった。目が合わせられなくて、俯《うつむ》いてしまう。

スーツと言っても、客引きの類《たぐい》の人が着ているような華やかさと軽薄さを同時に実現するタイプのものではなく、一般的なサラリーマンが着ているビジネススーツのように見える。ネクタイは緩められているが、場所柄おかしくないといえばおかしくない。

「怪我した？」

男性が、優しい声で聞いてきた。

「えと、わたしは、別に」

人との話し方が分からない。どこを見て、何を言えばいいのか。かつては考えるまでもなく簡単にこなせていたはずのことが、今は必死になっても全然できない。大丈夫です、お気遣いなく。そう伝えるだけなのに。

「あ、もしかして酔ってるとか？」

そう言うと、男性が近づいてくる。

「うん、やっぱりそうだ。これじゃ仕方ないな」

——すぐ、隣まで。

「ちょっと休めるところ行こうか。大丈夫、そこに車あるし」

ぞわり、と。背中に鳥肌が立つ。やっぱり、信用ならない人間だった。スーツを着ているとか会社員だとかいうことと、その人の人間性とは何の関係もない。

碧衣は強く思う。やっぱりろくなものではないのだ、優しさなんていうのは。

「飲み過ぎただけだから。少し休めばおさまるよ」

酔っていると決めつけ、肩を抱いてくる。酸素が足りていない頭でも、男性がこれから碧衣をどこに連れていって何をしようとしているのかくらいは分かる。

「やめ、やめて」

振り払おうとするが、できない。男性は強い力で碧衣を捕まえ、そのまま引きずるようにして歩き始める——

「おいおい、何やってんの」

前から、そんな声がした。女性のものだ。

「放しなよ」

迷彩のカーゴパンツと黒いパーカー。フードを目深に被っている。ミリタリーテイストのブーツを履き、首にはチョーカーらしきものを巻いていた。ストリートな怖い雰囲気を全身に纏《まと》っていて、ストレートに言い直すなら不良な感じのお姉さんだ。

「いやいや、誤解だよ」

へらへらとしながら、男が弁明する。

「なんか酔ってるみたいだから、助けようと——」

しかし、その言葉は最後まで続かなかった。

「ざけんな」

女性が走り、高々と跳躍したのだ。フードが外れ、眉毛《まゆげ》の下までかかる明るく染めた髪と、大きくかつ鋭い光を湛《たた》えた眼が露《あら》わになる。

「えっ——」

向かう先は、ぽかんと口を開けて眺めている男だ。

男の眼前で、女性が腕を斜めに振り下ろした。男の顔に三本の真っ赤な線が入り、そこから血が滴り落ちる。

「うあァ」

異様な悲鳴を上げ、男は顔を押さえた。うずくまる男を突き飛ばし、女性はその前に立ち塞《ふさ》がる。

「さっさと失《う》せな」

背中を丸めるようにして、女性が男を威嚇した。男は、何も言わず首を縦に何度も振ると、一目散に逃げ出した。ちらりと見えた血塗《まみ》れの表情は、恐怖と屈辱で歪《ゆが》んでいた。

「怪我はないかい？」

女性が、微笑みかけてきた。黒目がちな瞳《ひとみ》は人懐っこく、先ほどの攻撃的な雰囲気は嘘のように消え失せている。

碧衣はというと、首を縦に振ることしかできなかった。色々なことが一気に起こりすぎて、理解が追いつかない。

「そうかそうか、それはよかった。間に合ったみたいだな」

女性は、嬉しそうに笑った。

「さあ、一旦《いったん》ここから離れようか。なんか呼ばれてもめんどくさいし」

女性が、手を摑《つか》んでくる。はっとした碧衣だが、不思議と嫌ではなかった。ずっと他人が怖くて仕方なかったのに、どうしてなのだろうか。

女性に腕を引かれ、碧衣は歩き出す。

「ん？」

碧衣の視線に気づいたのか、女性がこちらを見てきた。慌ててぱっと顔を伏せ、同時に不安と混乱で一杯になる。どうしよう。変に思われたのではないか。折角助けてやったのに、失礼な奴だと嫌われたのではないか。

被害妄想にも似た考えが、どんどん頭を満たしていく。合理性が薄い。そんなことは分かっているのに、どうしても止められない。黙っていてはいけない。余計に奇妙に思われてしまう、嫌われてしまう、何か話さないと！

「まあまあ」

パニックに陥る碧衣を見て、女性は気さくな笑みを浮かべた。

「よろしくな」

そして、背中をぽんぽんと叩《たた》いてくる。

「――あっ」

碧衣は、転びそうになった。

「あ、ごめん。力入れすぎた？」

驚いた様子で、女性が謝ってくる。

「いえ、そうじゃなくて」

碧衣は足元を見る。右足のサンダルが、壊れていた。足の甲を覆う部分が、外れてしまっていたのだ。転ぶはずである。

「ああ、なるほどな」

女性が、碧衣の足元を見て納得する。

「うーん、それじゃ歩きにくいよな。――よし、ちょっと待ってな。あたしが用意するよ」

「え、でも」

女性の言葉に、碧衣は戸惑った。一人で残されては、また何か起こるかもしれない。

「ああ、そうか」

碧衣の言わんとしたところを察したらしく、女性が頷《うなず》く。

「んじゃまあ、どこかに隠れるか」

そして、妙な提案をしてきた。普通は、人目につくところに移動するものではないだろうか。

「さあ、行くよ」

そう言うなり、女性は碧衣を抱え上げた。いわゆるお姫様だっこの姿勢である。そんなに体格は変わらないはずなのに、なんという腕力だろう。

女性は、にっこりと碧衣に笑いかけてくる。つられて碧衣は微笑み、それからぱっと顔を伏せた。

「はは」

声に出して笑うと、女性は歩き始めた。その足取りは、碧衣を抱えているとは思えない程に軽やかなものだった。


「ちょっと待ってな。すぐに戻るから」

そう言い残して、女性はいなくなった。

碧衣が連れてこられたのは、公園だった。碧衣は、植え込みの陰にしゃがみ込んでいる。女性は最初近くの木の上を提案してきたが、登れる気がしなかったので断った。

辺りに、人気はない。女性によると、この時間帯にこの公園には人間はまず来ないのだそうだ。人間以外は来るのかとか、そもそも今回のような状況で人間以外の来訪者を考慮する必要があるのかとか、色々不思議である。

サンダルは両方とも女性が持って行ってしまったので、碧衣は素足である。土の感触が、ひどく冷たい。

——人と話したのは久しぶりだったが、実にひどいものだった。最低限の言葉さえ発せなくなっている。何ヶ月も人と話さない暮らしを続けているうちに、本当にコミュニケーション能力を喪失してしまったようだ。

かつては、ここまで人付き合いが下手ではなかった。「優しさは巡り巡ってみんなを幸せにする」。そんな絵空事を密《ひそ》かに信じてもいた。今となっては、自分でも信じられないことだが——

朝、学校で本を読んで感想を書く。そんな取り組みがある。行政の強いバックアップに伴い、ある時期から一気に広まったものだ。

別に読書家でもない小学生時代の碧衣にとって、朝の読書はやれと言われるからやるだけのものだった。『木を植えた男』とか、『窓際のトットちゃん』とか、平塚《ひらつか》らいてうか誰かの伝記とか、そういう図書室の目につくところに置いてあるそれらしい本を読んで、あらすじを適当に書いて終わり。そんな作業タイムだった。

しかし、ある日。適当さのルーチンを破壊する一冊と、碧衣は出会う。

『優しさの贈り物』と題されたその本は、割と古びた文庫本だった。手に取った理由は思い出せない。たまたま見かけ、たまたま借りたのだろう。

それに反して内容はよく覚えている。一人の女の子が、お姉さんの落としたハンカチを拾って渡した。それに感謝したお姉さんは、誰かにその優しさを分けてあげようと思い、通りすがりのおじいさんの荷物を代わりに持った。それに感謝したおじいさんは、誰かにその優しさを分けてあげようと思い、道に迷っていた外国人の旅行者を案内した。旅行者は、自分の国へ帰って隣人に親切にした。そんな感じで、ほんの僅《わず》かな善意が世界中に広がっていく。

クライマックスシーンは、国際会議の場である。いがみ合っていた各国の首脳たちだが、ふとしたことから自分たちもまた誰かに優しくされ、そのお返しとして誰かに優しくしていたことに気付く。そして、お互いに譲歩しあい和解することで物語は幕を下ろす。

今にして思えば、チープとは言わないまでも単純なストーリーラインだった。小学生の分際で結構スレていた碧衣は、「現実の国際社会はそう簡単にいかないよね」みたいな文章を書いて提出した。

その週の土曜日、碧衣はお小遣いで漫画か何かを買いに本屋さんまで自転車で出かけた。その帰り、公園で一人の同級生の姿を見かけた。同級生はベンチにぼんやり腰掛けていて、傍らには自転車が停められていた。

それは、少し前に転校してきた蛇塚《へびづか》さんという女の子だった。転校初日から悪ガキどもに「蛇女」とあだ名を付けられた蛇塚さんは、その悪ガキどもを鋭く睨《にら》みつけると「わたしは蛇じゃない!」と正面から言い返して黙らせ、みんなに怖い子だと敬遠されてしまった——そんな子である。

碧衣はというと、特に庇《かば》ったりもしなければ、さりとて敬遠して露骨に避けることもしなかった。当たり障りのない、無難で安全な距離を保っていた。教室という閉鎖空間でのサバイバルを、優先したのだ。

「こんにちは」

だというのに、その日に限って碧衣は蛇塚さんに話しかけてしまった。蛇塚さんの様子が、蛇女呼ばわりされた時の激しさとは打って変わって元気のないものだったこともある。

しかし、理由はやはりあの本だったのだろう。単純だ、現実的じゃないなどと小馬鹿にしているようで、本当のところはずっと心に引っかかっていたのだ。

「わたし、同じクラスの若宮碧衣。遊びに行かない？」

しかし、正直なところ内心結構ビビっていた。「わたしは遊びに行く気分じゃない！」とか怒られたらどうしよう。ごめんなさいと言って逃げるしかないだろうか。

「え、遊び――に？」

結論から言うと、心配は無用だった。

「あ、うん」

反論した時の厳しい雰囲気はどこへやら、蛇塚さんは目を丸くして頷いてきた。

そして二人は遊びにでかけた。思い付きのノープランだったので、二人で延々自転車に乗って走り続けた。このまま移動するだけで一日が終わるかと思われた頃、碧衣たちはクラスの悪ガキどもと出くわした。

悪ガキどもは、何かを取り囲んでゲラゲラ笑っていた。一体何なのかと思ったら、輪の中からか細い鳴き声が聞こえてきた。猫の声、しかもまだ子猫のものだ。

「ちょっと、あんたたち何やってるのよっ」

蛇塚さんが、自転車から降りてスタンドを立てると怒鳴りつける。初日と同じ、あの剣幕だ。慌てて碧衣も自転車を停め、その後ろに続く。

「やめなさい！」

蛇塚さんの怒声に、初め悪ガキどもは怯《ひる》んだ様子を見せた。しかし、お互いに目配せしあうと、ずいっと前に出てくる。

「うるせえな」

「何だよ、偉そうに」

蛇塚さんがたじろいだ。その様子に自信を深めたか、悪ガキどもは更に距離を詰めてくる。

――学校ではないからだ、と碧衣は見当がついた。学校なら、先生が介入する。そうなると、彼らに不利な裁定が下されるのは火を見るよりも明らかだ。しかし、ここならその心配は要らない。

「蛇のくせに生意気だぞ」

悪ガキの一人が、満を持して悪口を繰り出した。蛇塚さんの顔が、悔しさに歪む。

「あ、分かった。この猫餌にするんじゃね」

「蛇って猫食うの？」

「食うだろ。ワニの子供食ってる動画、兄ちゃんに見せてもらったことあるし。猫とか余裕だろ」

かさにかかって、悪ガキどもが囃《はや》し立てた。蛇塚さんが、唇を嚙《か》み締める。目は真っ赤で、今にも泣き出しそうだ。このままじゃ、いけない。

「ばか！」

とにかく、碧衣は叫んだ。

「蛇とか格好良いじゃん！　長いし！　動き速いし！　脱皮してどんどん大きくなるし！」

自分でも何を言っているのか訳が分からなかったが、それ故に訳の分からないエネルギーがあった。悪ガキどもが、気圧《けお》されたように後じさる。

「なんだ、なんだ」

碧衣の声を聞きつけたのか、ジャージ姿のおじさんが現れた。女の子二人を大勢で囃し立てる悪ガキ達という構図を、不審げな目で眺める。

「おい、行こうぜ」

「頭おかしいんじゃね」

不利を悟ったか、悪ガキどもは逃げ去った。おじさんも、深くは詮索《せんさく》せず立ち去った。声だけしていた子猫も姿は見えなくなっていて、その場には興奮のあまり肩で息をする碧衣と蛇塚さんだけが残された。

「若宮さん」

蛇塚さんが、話しかけてきた。そこで、ようやく碧衣はハッと我に返る。

「あ——ごめんね」

名字のことを気にしているのは、間違いない。蛇とか格好良いなどと言われても、余計に気を悪くするだけなのではないか。何か、もう少し他にマシな言い方があっただろうに。

「ううん」

そんな碧衣の後悔とは裏腹に、蛇塚さんは笑顔で首を横に振った。

「ありがとう。本当に嬉《うれ》しいよ」

二人は何となく最初の公園に戻った。別にここに戻る必要もなかったのだが、また悪ガキ達に出くわすのも嫌だったし、他に二人で行く場所もなかったし（何しろまともに喋《しゃべ》るのからして今日が初めてだ）、この公園で落ち着くことになったのだ。

蛇塚さんが自動販売機で飲み物を買うというので、碧衣も買った。あんまり自動販売機で買い物しない碧衣はどきどきしたが、蛇塚さんは余裕の態度だった。蛇塚さんはカフェオレを選び、碧衣はオレンジジュースを買った。飲み物も向こうの方が大人っぽかった。

さっき蛇塚さんが座っていたベンチに、今度は二人で並んで座る。

「引っ掻《か》いてやればよかった」

開口一番、蛇塚さんが悔しそうに言った。冒頭から中々攻撃的な発言だ。

「まあ、いいじゃない。追い払えたんだし」

そうなだめつつ、碧衣は何か違う話題を探す。空気を変えないと、やっぱりちょっと怖い。

「猫、可愛かったね」

とりあえず、猫の話をしてみた。声しか聞こえなかったが、とても可愛らしい声だった。姿は見えなかったが、きっと子猫だろう。

「うん。猫いいよね」

にっこり笑って、蛇塚さんが同意してくる。やった、雰囲気が和らいだ。

改めて、蛇塚さんの顔を見る。蛇、という感じはしない。むしろ、結構目はくりくりしてるし、人懐っこい雰囲気もある。初日に見せた悪ガキどもを睨みつける鋭い目線ばかり印象に残っていたが、本当はそんな子ではないのではなかろうか。考えてみたら、碧衣も名字で先入観を持っていたのかもしれない。

「猫が木の上にいたら、みんな可愛い可愛いって言ったり、降りられないんじゃないかとか心配したりするじゃない。でも、蛇だとそうはいかないわ。蛇も木に登るけど、みんな怖がって逃げるに決まってる」

キッ、と蛇塚さんの目が鋭さを増す。やっぱり怖いものは怖かった。

そんなこんなで、二人は話すようになった。待ち合わせて一緒に登下校し、休み時間ともなれば二人で喋った。あの「蛇格好良い事件」以降悪ガキ共は関わってこなくなり（遠くの方で何かぼそぼそ言っているようだったが、無視すればいいだけの話だ）、碧衣と仲良く話す蛇塚さんの明るい雰囲気もあり女子たちも集まってくるようになった。

「大きくなったら、髪の毛とか染めようかな」

ある日の下校中、蛇塚さんはそんなことを言いだした。

「な、なんで？」

突然の不良宣言に碧衣が戸惑っていると、蛇塚さんは笑う。

「わたしね、最近蛇について調べてみたんだ。そうしたら、毒蛇に派手な模様が多いのって『毒があるぞ、危ないぞ』って相手にアピールするためかもって話で。じゃあ、それやってみようかなって思ったんだ」

「蛇、嫌だったんじゃないの？」

碧衣は驚いた。一体どういう風の吹き回しなのだろう。

「うん、ずっと名字でからかわれて嫌だった。でも違うんだ。若宮さんに格好良いって言われて、なんかそういうのもアリかな？　って思えるようになったんだ」

少し照れくさそうに、しかしはっきりと蛇塚さんは宣言した。

「本当に、格好良い蛇を目指そうかな？　って。優しくしてくれた人を、助けるためにね」

次の年に、蛇塚さんは転校した。行く先でからかわれないかと心配する碧衣に、蛇塚さんは「絶対大丈夫！」と胸を張った。むしろ、「そっちこそ、困った時は助けにいくからね。待ってるんだぞ」なんてことまで言われた。

転校してからしばらくして、蛇塚さんは碧衣に写真を送ってきてくれた。新しい友達に囲まれた蛇塚さんの目は、とても楽しそうに笑っていた。

徐々に連絡は間が空き最後には途絶えたけれど、寂しくはなかった。心に宝石箱があるとするなら、そこに大事に仕舞われるべきは彼女と過ごした時間だった。

——ただ、本を読んだだけなら。中身も読んだこともさっさと忘れてしまっていただろう。

しかし、蛇塚さんとのエピソードが、碧衣の人生を方向付けた。みんなに優しさを贈っていこうと、密《ひそ》かに思うようになったのだ。ひねくれ気味の性格が劇的に変わったりすることはなかったが、そこに優しさという飾りがつくようになった。

中学校でも、高校でも。大学に上がってからも、碧衣はそれをさりげなく実践していた。何かボランティアとして活躍するとか、海外へ飛び出すとか、そういうアクティブな感じではなかったけれど、常に困っている誰かに優しくすることを心に留《とど》めていた。そうすることに、価値があると信じていた。

そう。大学を卒業し、あの会社に入社するまでは――

「おす」

声を掛けられて、碧衣は追憶から無理やり現実に引き戻された。思わず身を硬くし、声のした方を振り返る。

「あ、悪い悪い。びっくりさせちゃった？」

声の主は、あの女性だった。ほっと、肩の力を抜く。

辺りは暗いが、まるで見えているかのように女性はすたすたと碧衣の横まで歩いてきた。

「はい、サンダル」

そう言って、碧衣の前にサンダルを置く。

「履く前に足を拭《ふ》かないとな」

女性が、布を取り出した。タオルのようだ。暗くてよく分からないが、肉球がいくつもデザインされているようである。

「ほれ、足上げて」

女性は、碧衣の右足を拭いてきた。何だかくすぐったくてつい逃げそうになるが、

「駄目だよ。綺麗《きれい》になるまで拭かないと」

しっかり摑《つか》まれて逃げられない。諦《あきら》めて、大人しくする。

「ほい、終了」

右足が離された。碧衣は、前に置かれたサンダルに足を入れる。

「はい、反対」

女性に言われて左足を上げつつ、サンダルを見下ろした。

サンダルは、足の甲を押さえる部分が取り替えられていた。ソールの部分は同じようだが、上から見下ろしている分には完全に別物のようである。

形は、猫の顔の輪郭だった。何か高級な素材でできているのか、とても履き心地が良い。よく見ると、端の方に肉球のマークがついている。メーカーのトレードマークのような感じだ。

「あの」

しかし、気分はまったく落ち着かなかった。焦りが、どんどん増していく。猫の姿を模したものは、碧衣の心をひどく掻き乱す。

「まあまあ、落ち着いて。言いたいことがあるなら聞くから」

一方、女性はどこ吹く風といった態度で碧衣の左足を拭き続ける。

「はい、終わり」

ようやく、女性が手とタオルを離した。左足をサンダルに入れるのももどかしく、碧衣は女性に訴える。

「あの、わたし。捜さないと、捜さないといけないんです」

必死さのあまりか、あるいは他に理由があるのか、とにかく先ほどまでよりはスムーズに言葉が出た。

「捜さないとなんです。友達を」

ふむふむと頷《うなず》くと、女性は訊《たず》ねてきた。

「どんな友達？」

「それ、は」

スムーズさは、一瞬のことだった。再び言葉に詰まり、碧衣は下を向く。変に思われないか。バカにされないか。そんな不安で頭がいっぱいになる、胸が苦しくなる、何も言えなくなる——

「大丈夫」

凍りつく碧衣に、女性は言った。

「あたし、ちゃんと聞くから」

優しく、温かく染み渡る、そんな言葉だった。

「猫です」

だから。俯《うつむ》いたままだったけれど、碧衣は自然にそう言うことができた。

「最近ずっと一緒にいたんですけど、急にいなくなって。帰ってこなくって」

上目遣いに、女性の様子を窺《うかが》う。女性は、変に思っている様子ではなかった。バカにしてもいないようだった。

「猫太郎《ねこたろう》――あ、あ、その猫だけが、わたしの話し相手でした」

それに安心して、碧衣は続きを話した。

「ずっと、人間の友達はいなくて。独りぼっちで。だから、猫太郎がいなくなって辛《つら》いんです」

つい、話しすぎてしまった。

「――あっ」

これは駄目だ。絶対に駄目だ。絶対に、気持ちの悪い女だと思われてしまった――

「なるほどね」

しかし、女性は受け止めた。

「そうだったんだ。いなくなると心配だよな」

一体、いつ以来だろう。こうして、自分のことを他人に受け止めてもらうのは。

「それで、捜しに出たわけか」

自分の言葉に、誰かの言葉を返してもらうのは。

「は、い」

そう思った時。碧衣の瞳《ひとみ》から、勝手に涙が溢《あふ》れ出していた——


——大学まで実家暮らしだったが、就職して一人暮らしを始めた。部屋はペット可のマンション。猫を飼うのだ。あの日子猫の声を聞いてから、すっかり猫好きになってしまった碧衣だったが、母が猫アレルギーで家では飼えなかった。ようやく念願叶《かな》って、という感じだった。

しかし、すぐにとはいかなかった。仕事が、ひどく忙しかったのだ。

慣れてきた頃から、どんどん担当する仕事が増えた。寝ても覚めても仕事、仕事。人間とはこれほど慌ただしい生活を送れるものか、という程に目まぐるしい毎日だった。

だが、本当に仕事のみに明け暮れていたわけでもなかった。気になる人が、できたのだ。

今までまったく恋愛経験がないわけではなかったが、今回はちょっと違う感じだった。

「若宮さん、ちょっといいかな？」

川崎直純《かわさきなおずみ》。三つ上の先輩だ。入社した頃から何かと声を掛けてくれて、徐々に惹《ひ》かれていくようになったのである。背は高く、スーツの着こなしもお洒落《しゃれ》で、清潔感があって、優しい。そんな彼のことが、心から離れなくなったのだ。

「分かりました」

「これ、お願いしたいんだけど」

彼からは、仕事を頼まれることがよくあった。正直大変だったが、碧衣は頑張って引き受けた。

「ありがとう」

引き受けると、直純が笑顔を見せてくれるからだ。この笑顔のためだけでも、頑張る価値はあると思えた。

「ごめん、若宮さん。わたし、どうしても帰らないといけなくて」

そうなると、他の同僚からも仕事を回されることが増えた。文字通りの「サービス」残業だったが、それも断らなかった。みんな、それぞれに理由があって困っている。だから、碧衣に頼んでくるのだ。だったら、優しさを分けてあげないと。

そんなわけで、猫が飼えるはずもなかった。通勤時間にスマートフォンで猫の動画や画像を見るのが、せめてもの慰めだった。


「なるほどねえ」

女性が、興味深そうに相槌《あいづち》を打つ。

「そんなにずっと、猫を飼いたかったのかい」

「はい」

碧衣は素直に返事をした。この女性には、どうしてか心を開くことができる。

二人は、公園のベンチに並んで座っていた。繁華街からそう遠くもないのに、誰も人は来ない。公園には夜そのものの静謐《せいひつ》だけがあり、二人の言葉はそこに溶け込んでいく。

「それで飼いだしたけど、逃げられちゃったんだ」

女性が、そんなことを言う。

「はい」

碧衣は肩を落とした。改めて、現実がのし掛かってくる。

「元々野良の猫だし、外に出ていくのも普通かもしれません。でも、全然帰ってこなくって」

「じゃあ、他の猫でもいいんじゃない？　野良なら、気が変わって出て行ったのかもしれないし。猫は一匹でも生きていけるよ」

「いえっ」

女性の言葉を、碧衣は否定する。少し、強く否定しすぎたかもしれない。

「あの子じゃないと、駄目なんです」

だが、相手がこの女性なら大丈夫だという思いもあった。

「猫太郎じゃないと、駄目なんです」

自分のことを、全部さらけ出しても大丈夫だろうという信頼があった。

「あの時のわたしに寄り添ってくれたのは、猫太郎だけだったから」

どうしてなのかは、分からないのだけれど。


——ある日の昼休み。碧衣は、お腹が痛くてトイレの個室に籠《こ》もっていた。時々起ることで、その間隔は徐々に短くなっていた。

明らかに、異変が生じていた。しかし、碧衣は気づかないようにしていた。自分は、善意でやっているつもりだ。なのに体に不調が出るということは、実は善意などではないことになるのではないか。

買ったばかりのオレンジジュース——未《いま》だにこれが好物なのだった——のペットボトル

をもったまま、体を前に曲げるようにして痛みに耐える。お腹というやつは色々な原因で痛くなるが、今まで経験したあれやこれやが原因の腹痛とは全然違っていた。病院にいかねばならないのかもしれないが、中々そんな時間も取れない。

「はー、やっとお昼だね」

「まだ半分もあるとか、だるいねえ」

しばらく呻《うめ》いていると、女性のグループらしき人たちの声が聞こえてきた。同じ部署の同僚たちだ。化粧を直すのだろう。

同僚たちの話題は、他愛ないものだった。お洒落なカフェの話、人気のお笑い芸人の話、売れっ子俳優が主演している邦画の話——

「そういやさ」

急に、一人の声が変わった。それまでの、言ってみれば社交辞令の延長線上にあるような無難な口ぶりとは全く違う。嘲《あざけ》るような、小馬鹿にするような声。陰口が、始まるのだろう。

「今日のミニラ見た？」

「ああ、見た見た」

陰口の対象は、ミニラなる人物だった。誰のことだろう。あだ名のようだが、まったく聞いたことがない。

「元気なかったよね」

「バカみたいに残業しすぎて疲れてるんじゃないの」

不安が、碧衣の胸の中で湧き起こる。今日、碧衣は元気がない。碧衣は、バカみたいに残業している。いや、でも、そんな、はずは。

碧衣はミニラを知らない。スマートフォンを取り出すと、震える手で検索する。もしかしたら、全然別人の話かも。そんな期待をする。別の部署の誰かによく似た、何かがでてくるのではないか。そんな希望にすがる。

ミニラというのは、怪獣の名前だった。ゴジラの息子らしい。

検索エンジンが表示してくるミニラなる怪獣の画像を見るなり、碧衣は思わず口を手で押さえる。目が似ている——碧衣に。

「そういやミニラって呼び始めたのだれだっけ」

涙が滲《にじ》む。もう、由来も分からなくなるほど前から使われているあだ名なのだ。碧衣本人以外の職場の人間たちにとって、碧衣はずっとミニラだったのだ。

「誰だっけ？　課長？」

「違う違う。課長は矢井《やい》さんから教えられて大受けしてたじゃん」

しかし、衝撃は、それだけでは終わらない。

「川崎くんでしょ」

最も信じられない、絶対に信じたくない名前が、碧衣に最後の一撃を加える。

「川崎くんが最初だよ。『ミニラに似てるじゃん』って。みんな知らないっていうから、わざわざスマホで検索までして」

彼の笑顔が、声が、意識の中で揺れる。

「彼も鬼よね。面倒な作業回ってきたら全部ミニラに押しつけてるし」

「断んないもんねーミニラ」

「ま、わたしらも大いに活用させてもらってるわけですけど」

同僚たちが、楽しそうに笑う。——活用。彼女たちにとって、碧衣は便利な道具扱いらしい。

「何なんだろうね、ミニラのあの感じ」

同僚の声が、粘る。悪意と、嫌悪感と、不愉快さが糸を引いて垂れ下がる。

「何か『わたし、頑張って優しくしてあげてる』みたいなの、出てるよね」

愕然《がくぜん》とした。ひっそりとやっていたはずのことが、気づかれている。しかも、ひどく嫌がられている。

「そういうところだよねー」

相槌が打たれた。顔をしかめて、頬を片方吊《つ》り上げるようにして言っているだろうことが手に取るように分かる「そういうところだよねー」だ。

「上から目線――ってのも違うかな。何なんだろうね、あの感じ」

「あれじゃない？　鼻につくってやつ」

「そういやオレンジジュースばっかり飲んでるよね、ミニラ」

「毎日毎日ね。何か他の飲めばって思うけど」

「好きなんですか？　とか聞いて欲しいんじゃない」

「うわ、やだなそういうの。自分で言えばいいのに。はっきりしないねミニラって」

自分のどんなところが他人にとって嫌なのかを分析され、それを聞かされる。こんなに辛《つら》いことがあるだろうか。

「好き好きオーラだしてるのもアレよね。会社で盛《さか》るなっての」

容赦のない言葉が、次から次へと叩《たた》き付けられる。耳を塞《ふさ》ぎたくなる一方で、それが無意味だということも分かっていた。聞こえないふりをしたところで、何も変わらない。自分が職場でただ一人浮いていて、ただ一人嫌われているという事実が、なかったことになったりはしない。

「彼女いるっての。ねえ、かおり」

「うーん」

碧衣の同期である品田《しなだ》かおりの声がした。同期の中では仲が良い子だ。

「まあ、懐いちゃうのは分かるよ。ミニラでも」

仲が良いと、思っていた子だ。

「余裕だね。嫉妬《しっと》しないの？」

誰かが半笑いでそんなことを訊《たず》ねる。かおりはひとしきり笑ってから答えた。

「だって、ミニラだし」

碧衣は理解する。溢《あふ》れる涙を拭《ぬぐ》おうとさえせずに。

自分は、勘違いした、無様なピエロだったのだ。

優しさが誰かに広まって、みんなが優しくなる——そんな夢物語を信じていた、愚か者だったのだ。


一度折れた心は、二度と元に戻ることはなかった。

程なくして、碧衣は仕事を辞めた。送別会をするとかなんとか言われたが、全て断った。その時の写真を種に、これからも面白ネタとして語り継ぐつもりなのは分かりきっていた。そんなものは、ごめんだった。

ずっと部屋に籠《こ》もり、泣いて過ごした。泣いていないときは、バカにしてきた連中を憎んで過ごした。いきなり会社の建物が倒壊して、みんなぺしゃんこになって死ぬ光景を何度も何度も想像した。そんなこと、現実に起こるはずもないのに。

自分も責めた。小学校の頃に読んだくだらないお話をいつまでも引きずっていたから、こんなことになったのだ。もっと早く、現実を見ていれば。

学校も会社も、おおよそ人間が集まって生まれる「社会」と呼ばれる世界は、結局のところ全て椅子取りゲームだ。問題を起こさず、上手《うま》くやっていける順に椅子に座っていける。求められる「キャラ」を過不足なく演じ、場の空気を読んで相応《ふさわ》しい言動ができる人間から順番に、居場所が用意されるのだ。

本来碧衣だってそれをこなせたはずだった。優しさへの妙なこだわりが、碧衣の動きさえもおかしくし、周囲の輪から外れ、知らぬ間に座る椅子はなくなっていた。気づいた頃には、何もかも手遅れだった。バカだ。自分は本当にバカだ。憎らしくて、仕方ない。

二通りの憎悪は、徹底的に碧衣を蝕《むしば》んだ。碧衣は、あらゆる生産的な作業をしなくなった。やることと言えば、インターネットでだらだらと流れてくる面白画像やら動画やらを、ぼんやり眺めることだけだった。

世界中から尽きることなく集めてこられる面白ネタは、少しは気を紛らわせてくれる。しかし、スマートフォンから顔を上げれば、そこには会社からも社会からも逃げ出した一人の女がいるだけだった。一時的な逃避を求めてネットの世界に没入すればするほど、碧衣は追い詰められていった。

――そして遂《つい》に、何かの糸が切れた。

気持ちが平坦《へいたん》になり、様々なことが気にならなくなった。勿論《もちろん》大らかになったのではなく、ただただ波立たなくなったのだ。

何を見ても、楽しめなくなった。バカにしてきた連中への怒りが失われた。自分の現状を哀しんだり情けなく思ったりする気持ちもなくなった。

部屋を片付けられなくなり、ゴミや洗濯物が積み上がった。食べ物を買いに外へ出るときも、化粧はおろか服も着替えなくなった。遂には家から出ることさえ面倒になり、すべて通販するようになった。風呂《ふろ》にも入らなくなり、一日寝て過ごした。

知人からの連絡は全て無視した。家族には元気にやっていると嘘をついた。あらゆる関わりが面倒になり、何もしなくなった。生きようとさえ、しなくなった。ただ、死んでいないだけだった。

どこまでも続く、重く暗く乾ききった灰色。それが、碧衣の毎日だった。


「そんな時に、猫太郎と出会ったんです」

もう、涙は出なかった。苦く苦しいものは、その頃から変わらず胸に煮凝《にこご》っている。しかし、泣けない。何か大切なものを、碧衣は失ってしまったのかもしれない。

「そっか」

時々チョーカーを触りながら、女性は碧衣の話を聞いてくれる。こんな話、楽しいはずなんてないのに。

「猫太郎と出会ったのは、マンションのゴミ捨て場――」

そこまで言って、碧衣はむせた。

「どうした？　喉《のど》渇いたか？　水いるか？」

慌てた様子で、女性が聞いてくる。

「大丈夫、です」

何度も咳払《せきばら》いした。前にもあったことだ。初めて、猫太郎――飼っていた猫と出会った時にも、同じことが起きた。


あまりに悪臭がひどいので、生ゴミの袋を捨てに行こうと決めたことがあった。人に会いたくないので、収集日前日の夜遅く明け方前に出ていったところ、碧衣は人ではなく一匹の猫と出くわした。

茶トラだった。目の色は、緑。街灯もあるし、辺りはさほど暗いわけではなかったが、それでもその瞳《ひとみ》は不思議な輝きを帯びて見えた。

猫はゴミ捨て場を囲うコンクリートの壁の上に座り、碧衣のことを見ていた。ゴミをゴミ捨て場に捨てて、鳥除《よ》けの網を被《かぶ》せる碧衣のことを、逃げもせずにじっと見ていた。

「なに」

声を出したら、がらついた。久しぶりすぎて、まともに声帯が機能しなかったのだ。たった平仮名二文字分の言葉を発することも、碧衣の喉はできなくなっていた。

顔をしかめ、何度も咳払いをする。そんな碧衣の姿を、猫は眺め続けている。

「だから、何の用なのよ」

ようやくある程度まともな声が戻ったところで、もう一度声を掛ける。猫はやはり、何とも言わない。

よく見ると、その右目の上に傷らしきものがついていた。喧嘩《けんか》か何かで負傷したのだろうか。中々に、生々しい傷痕《きずあと》だ。

「もう行くわよ」

わざわざ断ってから、碧衣は歩き出す。すると、にゃあと鳴いて猫はついてきた。振り返って立ち止まると、猫も動きを止める。また歩き出すと、猫はついてくる。止まると、止まる。歩くと、歩く。そのまま、猫は結局碧衣の部屋の中に入ってきた。

「――なんなのよ」

玄関に突っ立ったまま、猫を見下ろす。猫は、つぶらな瞳で碧衣を見上げてきた。

猫を飼うのが夢だったから、飼い方の基本は頭に入っていた。灰色に染まった意識の向こうから、それらの記憶を引きずり出す。

まず、猫の足を拭《ふ》く。泥の中にでも飛び込んだのか、ひどく汚れていたのだ。荒れ果てた部屋に住んでいるのに、そんなことを気にするのも本来おかしな話である。しかし、その時はあまり気づかなかった。

肉球をぐりぐり拭いて、汚れを落とす。足や尻尾《しっぽ》の泥も拭き取る。人間のように皮膚が汚れるのではなく、毛の一本一本に汚れがつく感じで、取るのはとても大変だった。猫は相当嫌がり、初めのうちは爪を出して抵抗したりしたが、遂に諦《あきら》めた。碧衣も途中で諦めそうになったが、どうにか拭き終えた。

部屋に入れると、猫は特に物怖《ものお》じもしなかった。ふてぶてしい態度であちらこちらを睥《へい》睨《げい》すると、ちゃぶ台──様々なもので埋《うず》まり最早《もはや》表面さえもみえなくなっている──の下に潜り込んでそのまま寝てしまった。

碧衣も、ベッドに横になった。猫の足を拭くだけで、ひどく疲れたのだ。横になったまま起き上がることなく、碧衣はそのまま寝てしまった。


にゃあ、にゃあ。

「──」

なおおん、にゃあぁん。

「——なに、よもう」

顔の真横がうるさい。目を開けると、そこにはあの猫がいた。

にゃー、にゃー、ニャアアア。猫は、えらく全力で何事か訴えてくる。

「なに、なんなのよ」

体を起こす。

「まさか、お腹減ってるの？」

にゃー！　更に猫がヒートアップした。言葉が伝わったとも思えないが、まあそういうことなのだろう。

「分かった、分かったから」

ふらふらと起き上がり、冷蔵庫まで移動する。ろくなものが入っていないが、卵があった。検索してみると、加熱すれば食べさせてもいいっぽい感じである。沢山与えすぎるのはNGらしいが、そもそも残り一個なので沢山も何もない。

本当は黄身だけを与えるらしいが、そんな気力はない。フライパンでがーっと炒《いた》めたスクランブルドエッグともいえない何かを適当な食器に入れ、ついでに別の食器に水も入れ、猫の前に置いてやった。

猫はやっとかと言わんばかりの傲慢《ごうまん》さで、もしゃもしゃと餌を食べぴちゃぴちゃと水を飲んだ。その様子をベッドで横になって見ているうちに、碧衣はまた眠ってしまった。

「――うっ」

何だか凄《すご》い臭いがして、目が覚めた。体を起こして、周囲を見回す。とにかく強烈だが、発生源はぱっと分からない。

あちこち見回して、ようやく碧衣は正体を摑《つか》んだ。部屋の隅の方、僅《わず》かに床が露出しているところに見慣れない茶色の物体がある。――間違いない、猫のうんこだ。

「ちょっと」

思わず猫を捜す。猫はというと、うんこから離れたところにある段ボール箱の上から碧衣を見下ろしていた。睨《にら》みつけると、猫はふいっと横を向いた。さっさと片付けろ、と言わんばかりの態度だった。

「――もう」

怒ろうとしたが、そんな元気があるわけでもない。猫のうんこというのは、これ程までにも臭いものだったのか――なんてことを考えながら、碧衣はどうにかこうにかうんこを始末した。

このままではどうにもならない。仕方ないので、トイレと猫砂、そしてドライフードをお急ぎ便で注文した。品々は猫が再びにゃあにゃあ言ったりうんこをしたりする前に届き、被害の拡大は防がれた。

猫は、すぐにトイレの場所を覚えた。頭が良いのか、あるいは飼われた経験があるのか。どちらなのか碧衣には分からなかったが、とにかくめでたいことだった。

そんな感じで、何となく碧衣と猫の同居生活が始まった。

とはいえ、何か特別なことをするわけでもない。餌と水をやり、うんこをしたら始末する。それだけである。世話、という水準にも達していないような感じだった。同居人とか飼い主とか言うより、最低限のライフラインを提供するシステムといった方が近かった。

今まで外にいた割に、猫は大人しくしていた。外猫が家猫としての暮らしに慣れるには相当な困難が伴い、場合によってはどうしても不可能かもしれない——それくらいの知識は碧衣にもあったので、不思議でならなかった。

ある時餌のついでに触ってみて、碧衣ははっとした。少し、熱があるように思えるのだ。もしかしたら、傷口からばい菌か何かが感染してしまっているのかもしれない。大人しいのも、ひょっとしたらそのせいなのだろうか。

しばらく様子を見てみると、猫は徐々に衰弱しているように感じられた。動く量も減り、食べる量も減った。にゃあにゃあとも鳴かず、ひたすら横になっていた。

獣医に診せた方がいいかもしれない。検索してみると、歩いて行ける距離に動物病院があった。キャリーを買って、そこに入れて連れて行くことは十分可能だ。

——いや、そんなことはない。

獣医に行ったことはない。だが、かつてネットで飼い主の話を見ていたら、他の飼い主に話しかけられたり獣医と喋《しゃべ》ったりなんて出来事がよく起こっているそうだ。

無理だ。人が怖い。人の目が怖い。人の声が怖い。笑われてしまうのではないか。嫌われてしまうのではないか。そんな恐怖が、碧衣を捕まえる。あの日のトイレで負った心の傷から、とめどなく血が溢《あふ》れ出す。

そもそも、だ。この偽善のような感情こそ、碧衣を滅ぼしたものではなかったか。優しさなどという手触りがいいだけのまやかしに、また踊らされるというのか。

布団に倒れ込んだまま、猫を見やる。同じように力なく倒れ込んでいた猫は、よろよろと体を起こすと自分の腹を舐《な》め始めた。体の柔らかさを生かして、他の部分も舐めていく。猫は綺麗《きれい》好きで、毛繕いを欠かさない。だから、犬と違って風呂に入れなくてもいいくらいだ——そんな話を、ネットで読んだことを思い出した。弱っていても、その習慣はやめないらしい。生きていようとしているのだろう。

そこに碧衣は、何かとても大切なものを見た。何、と言葉にするには碧衣の頭は鈍りすぎていたが、それが間違いなくとても大事にすべきものだろうということは分かった。

とりあえず、自分の臭いを嗅《か》いでみる。全く分からない。人間の鼻はすぐに環境に慣れてしまうというし、もう判別できる状態ではないのだろう。

「うぅぅー」

唸《うな》り声と共に、碧衣は身を起こした。お風呂《ふろ》に入ろう。猫を動物病院に連れて行く前に。

体を洗い、頭を洗う。とにかくだるくて仕方ないが、やるしかない。水を浴びた瞬間、雑巾《ぞうきん》とも何ともつかない臭いが体中から立ち上った。濡《ぬ》れることで、ようやく分かった。これはひどい。

何度も洗い、しんどさが限界を迎えたところでそれ以上の努力を諦め、湯を張ったバスタブに浸《つ》かる。

「──ふう」

声が出た。お湯に浸かるのは、一体いつ以来だろう。

バスルームの中を見回す。風呂トイレが別で広く、働いていた頃はゆったりお風呂に浸かるのが楽しみだった。

ぼうっと、浸かり続ける。温《ぬる》くなる度に自動で追い焚《だ》きされ、設定温度の四十度に調整される。その繰り返しを、漠然と眺め続ける。お湯の浮力で体を支えられ、ただぼんやりとし続ける。

気がつくと、いつの間にか二時間近くも経っていた。このままでは、永遠に風呂から出られなくなってしまう。そんな気がして、遂《つい》に碧衣は立ち上がった。

バスルームから外に出ると、猫がいた。風呂に入る時は、いなかったのに。

「待ってた、の？」

しゃがみ込んで、訊《たず》ねる。猫は、不審げな様子だ。石鹼《せっけん》やシャンプーの匂いがする碧衣に、戸惑っているのかもしれない。

「待ってたの？」

問いを繰り返す。猫は相変わらず碧衣の匂いが納得いかないようだが、ともあれといった感じで体をこすりつけると、立ち去った。

しゃがんだまま、碧衣は動けなくなっていた。さっさと頭を乾かして服を着ないと、湯冷めしてしまう。今の碧衣の体力は物凄《ものすご》く落ちているはずで、ちょっとしたことで風邪を引いてしまう。

だというのに、動けなかった。代わりに、涙が溢れてきた。今まで流したものとはまったく違う、涙。

きっかけは、その行動が意味するところ——親愛の証《あかし》——もあるが、何よりも行動そのものだった。

他の命に、向こうから触れられること。それが、碧衣の心を激しく揺さぶったのだ。

動物病院に行くにあたって、碧衣は万全を期した。待合室で過ごす時間を可能な限り減らすため、動物病院が開くと同時にマスクで顔を隠し、帽子を被《かぶ》り、更に俯《うつむ》いて関わりたくないアピールをした。全てが完璧《かんぺき》なはずだった。

「猫ちゃんのお名前は何ですか？」

しかし、本当に基本的なことを忘れていた。

「名前、は」

受付で、碧衣は凍りつく。考えていなかった。

看護師さんが、こちらを見てくる気配がする。何人かいる（開くのを待っていたのは碧衣だけではなかったのだ）飼い主たちの視線が、背中に突き刺さっている気がする。

「猫太郎、です」

結果、どうしようもない名前が飛び出した。今すぐ逃げ出したい気持ちを必死で抑える。ここで挫折《ざせつ》したら、必死で来た意味がない。風呂にも入った。キャリーも買った。今更後には引けない。

「猫太郎ちゃんですね」

看護師さんが復唱する。その度にあちこちから笑い声が聞こえるような気がして、碧衣は身を縮める。

「では、しばらくお待ち下さい」

受付から解放され、碧衣は待合室の隅の誰もいない辺りに座る。

帽子を深く被り、周囲の視線が見えないようにしながらキャリーの中を覗《のぞ》いた。

猫太郎などという適当極まりない名前を付けられた猫は、大人しくしていた。肝が据わっているのか、それとも単に元気がないのか。見ているだけでは、分からなかった。

「若宮さん」

診察室が開いて、碧衣は呼ばれた。無言で立ち上がり、キャリーを抱えるようにして診察室へと入る。

「はい、初めましてですね」

中にいた男性の獣医が言う。落ち着いた声だ。顔は帽子のつばで見えないが、きっと大人な雰囲気の人なのだろう。白い服の下の体はがっちりしている。何かスポーツをやっているというよりは、動物の相手をしているうちに自然と鍛えられたという感じだ。

「どうなさいましたか」

「拾った子なんですけど、怪我をしていて。体も熱っぽくて、元気がないので連れてきました」

聞かれるなり、碧衣は話す。こう話そう、と決めて、文章も考えて、丸暗記してきたのだ。早口になってしまったし、話し出すタイミングも急すぎたかもしれないが、何とかなった。

「なるほど。では診てみますね」

そう言われて、碧衣は猫太郎をキャリーに入れっぱなしなことを思い出した。

「はい」

慌てて床にキャリーを置き、蓋《ふた》を開ける。

すると、猫太郎が中から出てきた。やれやれと言わんばかりの足取りである。

「おやあ、野良だったのに大人しいねえ。エライね」

獣医が、猫太郎に話しかけた。その声色はとても優しく、彼が本当に動物好きであることが伝わってくる。

猫太郎は、堂々たる態度で診察を受けた。まるで、自分がどこにいて何をされるのか初めから分かっているかのようだった。

「猫太郎ちゃん、ですよね」

ふと、獣医は不思議そうに聞いてきた。

「はい」

俯いたまま答えると、獣医は言う。

「この子、女の子ですよ」

「えっ」

仰天して、碧衣は猫太郎を見た。猫太郎は碧衣を見返すと、そんなことも気づいていなかったのかとでも言うような表情で、ふいっと顔を逸《そ》らした。

「はい、怪我から来ている感染症です。怪我は喧嘩《けんか》してついちゃった傷ですね。かなりの高齢ですし、中々治りが良くないんでしょうね」

諸々《もろもろ》の検査の結果、そんな診断が下った。獣医に傷口を消毒され、抗生物質なども処方され、碧衣と猫太郎は帰宅した。猫太郎は相当な高齢らしく、もっと細かい検査をした方がいいと勧められたが、何度も病院に来るはめになるだろうことが予想されたので、全力で断った。

「はあ」

帰るなり、碧衣はキャリーを脇に置いてベッドにぱったり倒れ込む。疲れた。本当に疲れた。

病院でのやり取りが、脳裏に甦《よみがえ》る。身悶《みもだ》えしたくなるような後悔が甦る。名前くらい、考えておけば。雄か雌かくらい確認しておけば。茶トラは大半が雄なので、漫然と雄だと決めつけていた。――ああ。きっと、怪しく変な女だと思われたに違いない。

頭の中で、何度もやり取りをやり直す。あそこでこう言って。それからこう言って——にゃーと声がして、碧衣は現実に引き戻された。猫太郎が、キャリーの中でかしかし引っ掻《か》いている。

「ああ、ごめんごめん」

寝転がったまま碧衣が蓋を開けてやると、猫太郎は中から出てきた。体をしならせるようにうーんと伸びをすると、そのまま碧衣の上に乗ってくる。

そしてふう、と息をついてから喉《のど》をごろごろ言わせ始めた。

「——ふふ」

その様子を見て、碧衣は思わず苦笑してしまう。

なんだ。偉そうだったけど、この子も同じように気を張ってて疲れてたんだ。

「さて、どうきますかな」

にんまりと微笑みながら、碧衣は入手した秘密兵器を振り始めた。黄色く細い持ち手に、親指を長くしたようなふさふさの先端部。いわゆる猫じゃらしである。

ぴこぴこ、ぴこぴこ。先端部がしなって揺れる。

猫太郎の姿はない。物陰で寝ているのだ。はて、気づくだろうか——

「——っと」

碧衣は驚いた。ぶわっ、と。どこからともなく猫太郎が飛び出してきたのだ。

「ほれほれ」

捕まえようとばたばたする。上に向ければ跳び上がり、逃げるようにすれば追いかける。いきなりぱっと離れて距離を取って動くのを眺め、少ししてまた飛びかかる。疲れたように横になっても、上でぴこぴこしてやると耐えかねたようにまた追いかける。釣れまくりである。

「そうかー面白いかー」

口を開け、歯を見せながらじゃれかかる猫太郎を見て、思わず笑顔になる。猫太郎が来てから、少しずつ碧衣は表情を取り戻していた。

「次はこれだ」

たらふく遊んでから、次に碧衣は猫用のボールを投入した。猫太郎は驚いて飛び退《の》き、回り込むような体勢を取りながらじっと見る。

徐々に近づき、ちょいちょいとパンチをする。するとボールが転がった。まるで耐えかねたかのように、両の前足を広げ飛びつく。完全に本能に操られている。

「ふふ、ふふ」

思わず、笑みがこぼれた。可愛い。何と、愛らしい姿だろう。罪のない、表裏のない、悪意のない、そんな姿。

猫太郎はボールにパンチを続けて転がしまくり、遂には積み上がった段ボール箱の隙間で届かないところに転がしてしまった。

猫太郎が振り返ってくる。一瞬だけで、その後はまたぷいっとそっぽを向いた。ほんの僅《わず》かのサインであるが、大体分かる。

「ああ、もう」

碧衣は起き上がると、積み上がった段ボール箱の山の前に立つ。

「――む」

そして、閃《ひらめ》いた。これは、使えるかも。

段ボール箱を、ある程度ずらしながら足場を作るようにして積み上げる。こうすれば、即席キャットタワーの完成である。

「よしどうだ」

期待を込めて、猫太郎の方を振り返る。猫太郎はというと、碧衣の作業にはまったく興味関心がない様子で、碧衣が出したボールにパンチをくれていた。

「なーんだ」

がっかりして、ベッドに横になる。キャットタワー作りで久しぶりに頭を使ったこともあり、碧衣はえらく疲れていた。というわけで、すぐさま眠りの世界へと滑り落ちていったのだった。

　しばらくして、碧衣は目覚める。辺りはすっかり薄暗い。

「猫太郎？」

　呼んでみるが、返事はない。まあ、こちらの呼びかけに応答することがまずないのだが。寝転がったままリモコンで電気を点《つ》け、もう一度部屋の中の様子を見回す。

「お」

　碧衣は目を見開いた。段ボール箱キャットタワーの一番上。そこに、猫太郎がいた。香箱座り――足を折り畳んで体の下に敷く香箱座りの体勢で、のんびりと目を閉じている。香箱座りはリラックスしている時にとる体勢だというから、キャットタワーのてっぺんは猫太郎にとって随分とくつろげる場所らしい。

　碧衣は口元を緩めた。こちらが準備したものを、猫が使ってくれる。こちらの意図を、猫が汲《く》んでくれる。言葉が通じない故に、本当にものだけを通してのコミュニケーションである。ちゃんと成立したのがとても嬉《うれ》しい。

　猫太郎が体を起こし、背中を丸めるようにして伸びをする。――と、その瞬間。段ボール箱キャットタワーは出し抜けに崩壊した。耐震性能がまったく足りていなかったようだ。

「あっ――」

碧衣は慌てて身を起こす。しかし、止めることもできない。

一方さすがは猫というべきか、猫太郎は座っていた段ボール箱を蹴《け》って跳躍し、崩れゆくキャットタワーから脱出した。

そして、碧衣の足元に着地する。その目は見開かれ、姿勢は背中を丸めた状態で固まり、毛はぼわっと逆立っている。よほどびっくりしたらしい。

そんな猫太郎の姿を見ているうちに、碧衣は突然の衝動に見舞われた。すなわち——笑い始めたのである。

積んだ段ボール箱が崩れて、猫がびっくりしただけの話だ。しかし、どうしてか笑えてならなかった。今までせき止められていたものが、奔流となって溢《あふ》れ出したかのようである。もう止められない。腹を抱え、涙を流し、ひたすらに笑い倒す。

猫太郎は怪訝《けげん》そうな目をちらりと投げると、やれやれと言わんばかりに香箱座りで座り直した。

どれほど笑っただろう。ようやく笑いが収まったところで、碧衣は気づく。部屋が、本当に散らかっている。洒落《しゃれ》にならないほど、汚い。

「ねえ、猫太郎」

体を起こしたまま、碧衣は猫太郎に声を掛ける。猫太郎は、目を閉じたまま尻尾《しっぽ》だけをゆらゆらさせて返事してきた。

「掃除した方がいいかなあ」

猫太郎は、尻尾を動かすのをやめて薄目を開けた。そして部屋を見回すと、ちらりと碧衣に目を向ける。

この仕草に、何か深い意味はあるのだろうか。勿論《もちろん》ない。猫は、人間の言葉を解さないのだから。

だが、なぜか。碧衣には、そう思えなかった。


簡単な話ではなかった。元気いっぱいの頃の碧衣でも、一日や二日では到底終わらせられない散らかり方なのである。今の碧衣では、物凄《ものすご》い時間を掛ける必要があった。

床の上のものを半分片付けるつもりで取りかかり、その三分の一くらいで力尽きる。がっかりして、しばらく動けなくなる。ようやく動き出して、また想定を下回る量しか片付けられず、凹《へこ》む。しばらくして、再び動き出す。

ものを何とか片付け、ゴミを出す。掃除機を掛け、ベランダに続くガラス戸を拭《ふ》く。洗面台を洗い、風呂場《ふろば》を洗う。風呂場には一部カビが生えていて、何を使っても倒せなかった。そのことで凹んでしまい、また丸一日近く動けなくなった。カビについてはあらためて対処することにして、今度はキッチンへと挑む。

その間、猫太郎は立ち働く碧衣を観察し、時々食事をねだり、碧衣が倒れると一緒になって寝た。いつの間にやら、猫太郎は布団を被《かぶ》った碧衣の上で丸まって寝るようになっていた。布団越しの温もりが、とても心地よかった。

徐々に片付けが進み、碧衣の視野は広がった。他にもしないといけないことが、色々と見つかった。

エアコンのフィルタを掃除し、布団のシーツを洗濯する。溜《た》まる一方だった洗濯物も一気に片付ける。ベランダに干しに出る時、猫太郎が逃げ出したらどうしようかと不安になったが、その心配は無用だった。猫太郎は外に興味を示さず、空いたベッドを一人占めしてご満悦だった。

「もう」

洗濯物を干し終わった碧衣は、両手を腰に当ててむくれる。猫太郎がベッドのど真ん中を占拠していて、どけるにどけられないのだ。

改めて部屋を見回すと、いつの間にか部屋は随分と綺麗《きれい》になっていた。綺麗といっても元からの比較であり、たとえば友達を連れてくると「あ、あー！　わたしの部屋もこんな感じだよ！」と気を遣われる程度にはぐしゃぐしゃである。

たとえば、部屋の隅にはまだ段ボール箱が積み上がっている。割と畳んで捨てたのだが、また新しく増えるので中々減らないのである。

段ボール箱の塔を見上げながら、碧衣は改めて考える。身軽な猫が乗って少し動いただけで崩壊するというのは、欠陥建築にも程がある。足場を作るために多少不安定な工法を用いているが、それにしたって脆《もろ》すぎである。

どうすべきか。考えてみると、色々とアイデアが浮かんでくる。段ボール箱に何か詰めて重くし安定するようにする。あるいは接着する。壁を使って固定する——いくらでも閃《ひらめ》きが生まれてきた。さながら蛇口を捻《ひね》るかのごとくである。

いずれも、あの時の碧衣には思いも寄らなかったものだ。元々別にアイデア豊富というわけでもないので、つまりこんなことさえ思いつかないほどに鈍っていたのだ。頭を使った気持ちになっていたが、実のところはさっぱりだったというわけである。

「——む」

小腹が空《す》いた。部屋の隅の棚を埋める食料——すなわちレトルトパック、インスタント食品、お菓子の山を漁《あさ》る。その中からパウチの雑炊を取り出し、ふと碧衣は考え込んだ。

食欲があるというのは、久しぶりではないだろうか。ひどい時はカップスープを作って食べきれなくて捨てるとか、個包装のお菓子をいくつか食べて一日の食事が終わりということもあった。そんな食生活で、頭が回るわけがない。

にゃー、と鳴き声がした。足元を見ると、猫太郎がいる。

「あんたもお腹が空いたのね」

徐々に、猫太郎の言いたいことが碧衣には分かり始めていた。何一つ言葉を喋《しゃべ》っているわけではないのに、不思議なものである。

餌のお皿に、ドライフードを入れてやる。猫太郎は、ぱっと駆けつけもしゃもしゃと食べ始めた。

来た頃より、随分と元気になっている。傷の治りも、みるみるうちに早くなった。素人目にも、猫太郎の健康状態が改善に向かっていることは明らかである。

「やっぱり、食事って大事なのかなあ」

猫太郎は、尻尾を振るだけで返事をしてきた。うんともいやともはっきりしないが、碧衣には何を言ったのか分かったような気がした。

碧衣は近所のスーパーにやってきた。以前は頻繁に来ていたのに、退社してからというもの全く訪れなくなっていたところだ。例によって、帽子を目深にかぶり、マスクを付けるという変装である。

もやし、キャベツ、人参《にんじん》、ピーマン、豚コマ、玉ねぎ。野菜炒《いた》めだ。切って炒めて味を付ければ完成する、基本の基本みたいな料理である。これくらいなら、今の碧衣にもできるはずである。簡単にできて、栄養が豊富。野菜炒めしかない。

今のご時世、冷凍食品でそんなようなものもあるだろうが、今回は自分で頑張ろうと思っていた。

調味料は揃っているはずなので、買わない。お米を持って帰るのはさすがにしんどいので、パックのご飯にする。

そろそろレジに行こうとしたところで、碧衣は飲み物売り場で立ち止まった。果汁百パーセントのオレンジジュースが、目に留まったのだ。

ずっと飲んでいなかった。あの時バカにされて、すっかり嫌になってしまったのだ。しかし、愛媛のみかんから作られるというジュースのペットボトルを見ているうちに、飲みたいという気持ちがどんどん強くなってくる。

ふと思い立ち、検索してみる。猫にとってオレンジジュースは安全なのかどうなのか。

結果としては、有毒ということだった。皮に含まれている成分が、猫には有害なのだという。ちょっとびっくりな結果だ。オレンジジュースは諦《あきら》めようかとも思ったが、何でも猫は柑橘《かんきつ》系の匂いを嫌うそうなので大丈夫かと考え直し、碧衣はかごにオレンジジュースを入れたのだった。

完成した野菜炒めをちゃぶ台の上に置き、電子レンジで加熱したパックご飯を添え、碧衣は考え込んでいた。

野菜炒めというおかずは、そこまで長く熱々の状態を保てるわけではない。割とすぐに冷めてしまう。考え事は後にしてさっさと食べるのが一番なのだが、中々そうもいかなかった。

不安なのだ。不味《まず》かったらどうしよう。今までの努力が、無駄になってしまいそうな気がする。やっぱり自分は駄目な人間だと、思い知らされるような気がする。

元気だった頃には、それなりに自炊していた。野菜炒めくらいなら、味見しないでも無難に作れていた。だというのに、今は全く自信が持てない。

にゃあ、と鳴きながら猫太郎がちゃぶ台に近づいてきた。後ろ足で立ち上がり、前足を台の上に乗せる。

その姿勢で野菜をしばし眺めてから、猫太郎は碧衣の顔を見上げてきた。どうして食べないのだ、と言わんばかりの態度である。

「よし」

何となく、覚悟が決まった。碧衣は野菜炒めに箸《はし》を付ける。花形の豚肉を食べようとして、考え直して主軸のキャベツを食べようとして、そこからピーマンに向かいかけていやピーマンはアクセントだろうと戻る。

かつての自分は別にそこまで迷わなかったのだが、今は違う。「何から食べ始めるか」と決めることにさえ、結構な心のエネルギーが必要になっている。

散々迷って、結局豚肉にした。箸で挟み、えいやっと口に放り込む。

「――あ」

途端、碧衣は目を見開いた。

「おいしい」

口に出して、その響きの懐かしさに驚く。レトルトやお菓子が不味いわけではない。ただ、味を味として味わうことが本当に久しぶりだったのだ。ずっと、食べることはただの作業だった。

引き続き野菜炒めを食べる。味にむらはあるし、火がしっかり通っていなかったりもする。しかし、自分でも意味が分からないくらい美味しく感じた。

パックのご飯も、もりもりと口に運ぶ。白米を食べるのも久方ぶりだが、これが素晴らしく魅力的だ。野菜炒めにご飯というとザ・定食という感じだが、まさにその通りだ。定番の食事と呼ぶに相応《ふさわ》しい、磐石《ばんじゃく》の構えである。

感動しているうちに、食事を残さず平らげてしまった。皿を洗い、調理器具も洗う。ゴミはちゃんとゴミ袋を用意して捨てる。

オレンジジュースを、ペットボトルから直《じか》にではなくコップに入れて飲む。あえて一手間掛けて、じっくりと味わう。

美味しかった。オレンジジュースの代名詞のような大手メーカーのジュースであるからして、味自体には変わりがない。しかし、五臓六腑《ごぞうろっぷ》に酸味が染み渡った。こんなに美味しいものをずっと飲まないでいたなんて、バカなことをしたものだ。

コップを流しに置き、キッチンから部屋に戻りながら碧衣は考える。

尊厳、というと大袈裟《おおげさ》かもしれない。しかし、今までできていたことをやり直していくごとに、心の中で一度は失ったはずの何かが甦《よみがえ》るのを碧衣は感じていた。当たり前のことを当たり前にこなす生活が、碧衣に生き生きとした活力を取り戻させていくように思えるのだ。

部屋に戻ると、碧衣はベッドに横になるのではなく腰掛けた。相変わらず、ベッドの真ん中を猫太郎が占拠しているのだ。

「ねえ、猫太郎」

ふと、碧衣は猫太郎に話しかけてみた。

「わたし、元に戻れるかな」

猫太郎は、大きくあくびすると碧衣の膝《ひざ》の上に乗り、そこで丸くなった。今回の反応は、どういう意味なのかちょっとよく分からなかった。


碧衣は履歴書を用意した。職業安定所に提出するためのものだ。

いつまでも今の暮らしを続けることはできない。失業手当だけは受給しているが、もうそろそろ切れてしまう。いずれは貯金も底をつき、この部屋から追い出される。猫太郎は野良猫に戻り、碧衣はホームレスになる。残り時間は、少ない。自分で、頑張らないと。

名前、住所、その辺を書いてコップのオレンジジュースを手にする。しかし口を付けることはなかった。トイレに行きたくなったのである。

コップを戻して、トイレへ移動。用を足して戻ってくる。その間、長く見積もっても僅《わず》か数分の話である。しかし、部屋では極めて深刻な事態が勃発《ぼっぱつ》していた。

「ちょ――ちょっと」

猫太郎が、コップに顔を突っ込むようにしてオレンジジュースを舐《な》めていたのだ。

「だめっ！　やめなさい！」

ダッシュで駆け寄り、猫太郎を両脇から抱き上げてコップから引き離す。

「これは猫が飲んじゃ駄目なの」

確か、危険なのは皮だ。そして、ジュースは皮だけから絞って作っているわけではないだろうから、そこまでのダメージはないと考えられる。しかし、飲まないにこしたことはないはずだ。

「そもそも、猫ってみかんの匂いとかあまり好きじゃないんでしょ。どういう感覚してるのよ」

抱え上げて説教するが、猫太郎はどこ吹く風である。仕方なしに下ろすと、猫太郎はとことことちゃぶ台から離れ、そこら辺の床で寝転がった。

「今までは興味ゼロだったのに。急にどうしちゃったのかしら」

考えてみるが、よく分からない。とりあえず、碧衣はこれ以上猫太郎の口に入らないようオレンジジュースを一気飲みした。何だかちょっと勿体《もったい》なくも感じるが、致し方ない。

にゃー、と不満げに猫太郎は鳴く。猫太郎は、可愛い装飾品を身につけていた。ネットで見つけて、プレゼントしたのである。慣れないのか、時折難儀そうに前足でちょいちょいと触る。

猫太郎の目の上の傷痕《きずあと》は、すっかり薄れていた。しかし、毛が生えてこないのか完全になくなるということもない。どうせなら頬とか額なら、向こう傷でもう少し格好良かったのになんて適当なことを碧衣は思う。

「猫太郎はあとでおやつあげるから」

文句を垂れている猫太郎にそう言うと、碧衣は改めて座り直しボールペンを手に取った。

略歴を埋めていく。高校に入学して。高校を卒業して。大学に入学して。大学を卒業して。会社に入社して、会社を退社して――

「――っ」

声にならない呻《うめ》きが漏れて、碧衣はボールペンを取り落とした。

あのトイレの出来事が、笑い声が、ミニラが、交錯する。「そういうところだよねー」

「あれじゃない？　鼻につくってやつ」「川崎くんでしょ」「だってミニラだし」「ミニラだし」「川崎くんでしょ」「川崎くんでしょ」「ミニラだし」「ミニラだし」「ミニラだし」

――！

「あああっ」

ほとんど奇声のような叫びを上げて、碧衣はちゃぶ台に突っ伏した。

少し、元に戻ったような気がしていた。しかしそれは、所詮《しょせん》気がしていただけのことだった。あの嫌な思い出のことを考えずにいられたから、元気であるかのように錯覚できていただけだったのだ。

苦痛に満ちた記憶が、猛毒となって全身を駆け巡る。ベッドの上で、碧衣は煩悶《はんもん》する。もう変えられない過去は、それ故に今もまったく変わらぬ痛みを碧衣にもたらしてくるのだ――

どれだけ時が経ったろう。碧衣は呻き声も上げず、虚《うつ》ろな目を天井に投げかけていた。気持ちが落ち着いたのではない。疲弊し、消耗し、麻痺《まひ》したのだ。

辺りは薄暗く、時間が明け方か夕暮れ時かのいずれかであることを示していた。どちらかを調べる気力も、また関心もなかった。何だかもう、どうでもよかった。

──碧衣とて子供ではない。現実的に考えて、自分の置かれている立場がどういうものなのかということくらいは分かっている。

一度落伍《らくご》した人間に、再び同じくらいの所から始めるチャンスが与えられるのは希《まれ》だ。大抵は、もっと条件が悪化する。

しかも、ただ悪化するだけではない。一旦《いったん》落ちる方向へ慣性がついたら、現状を維持することにさえ多大な苦労を払わなければいけなくなる。前向きに生きるのではなく、これ以上崩れないよう守ることに追われるのだ。それが、現代なのである。

済んでしまったことに囚《とら》われている場合ではない。一刻も早く次へと進まないと、どんどん可能性が狭まっていく。あったはずの未来が、どんどん失われていく。

だが、しかし。それを理解していてなお、碧衣は動けなかった。心に刻みつけられた恐怖は、今も碧衣をあの日のトイレに縛り付け、一歩も先へ進ませようとはしないのだ。

茫然《ぼうぜん》としているうちに、辺りは真っ暗になってしまった。

「猫太郎」

何となく、同居猫の名前を呼んでみる。ちなみにこの前大家さんに届けを出してちゃんと手続きも済ませたので、名実共に同居猫である。

返事はなかった。常からあったりなかったりで、まあ大体ない方が多いのでこんなものだろうという感じだ。

「猫太郎、猫太郎」

　そこで、何度も呼んでみる。繰り返していると、うるさいなあという感じで投げ遣《や》りな返事をしてくるのだ。

　しかし、今回はそれさえなかった。今、一番助けが欲しい時なのに。頼みもしないのに朝になると顔にダイブして叩《たた》き起こしてきたり、ご飯が近くなるとにゃーにゃーと絶え間なく騒いだりするくせに、今日に限って妙に静かである。

　散々呼んでも、やはり返事はない。致し方ないので、身を起こしてみる。

　部屋は真っ暗だった。優しくも淡い月明かりが外から差し込み、風が頬を撫《な》でる――風？

　はっとして、ベランダに続くガラス戸の方を見る。ガラス戸には、丁度猫一匹分通れそうなくらいの隙間が空いていた。

「鍵《かぎ》は閉めてませんでした。割と上階の方で、誰か入ってくるってことはまずないだろって考えてて、あんまりちゃんとはしてなくて」

　言葉にすると、また自責の念が強くなる。

「あの子が全然出ていこうとしないから、大丈夫だろうって思ってるところもあったなって、今となっては」

すべては、自分の油断が招いた事態だ。悔やんでも、悔やみきれない。

「待っても、待っても帰ってこなくて。何日かして、我慢できなくなって飛び出したんです」

「うん」

女性は、相変わらず何も聞かずに碧衣の話に耳を傾けてくれる。そのこと自体は嬉《うれ》しい。だが、今の碧衣は、それだけでは最早《もはや》おさまらなかった。

「わたし、本当にバカですよね」

その割り切れなさを、言葉にして自分へと向ける。

「こんなことだから、何をやっても駄目なんです。猫太郎だって、きっとどうしようもないのが何となく分かって、うんざりして出て行ったんです」

刃物に変えて、自分の心へと突き立てる。

「そんなことはない」

女性が、きっぱりと言った。

「どうしようもないなんて、そんなことはないよ」

「あります」

初めて差し挟まれた意見に、碧衣は早速反発する。

「わたしのことが、嫌いになっちゃったんです。今だって、親切にしてもらったからって長々とこんな重い話をして」

　女性が取り上げようとした言葉のナイフを、振り回す。

「あなたも、思ってるでしょう。こんな奴、助けるんじゃなかったって」

　なんと愚かなことだろう。彼女は善意で碧衣のことを助けてくれたのに、こんなことを言って。彼女の優しさは、碧衣の「鼻につく」ものとは違う、本物の優しさだったのに。

　こんな、土足で踏みにじるような真似をして。なのに、止められない。

「めんどくさい、痛い奴だって！」

　どうしても、止められない——

「そんなことない」

　そっ、と。女性が、碧衣の片手を両手で包んできた。

「そんなこと、ないよ」

　ふわりと弾力のある、そんな手だった。先ほど男を血祭りに上げたのと同じ手とは思えないほどに、優しく温かい。

「そんなに自分を追い込まなくていい。独りぼっちでいなくてもいいんだ」

　手を握ったまま、女性は言う。

「誰かを頼ればいい。本当は、そうしたいんだろう？」

その言葉が、染み渡る。

「人間は一人で生きていけない。そういう生き物だ」

まるで、乾いた砂漠に雨が降りしきるように。

「助けを求めることに、資格なんて要らない。あんたはあんたであるだけで、助けてもらっていいんだ」

雨は降り続け、やがて碧衣の瞳《ひとみ》からこぼれ落ちた。――きらきらとした、涙となって。

「でも、でもわたし」

震える声で、何か言おうとする。しかし、言葉にならない。

「あんたの優しさは、偽物なんかじゃない」

女性が、手を差し伸べてくる。トイレの個室の鍵を開け、外へと連れ出そうとしてくれる。

「あたしが保証するよ。あんたは、自分を好きになっていいんだ」

碧衣は、顔を両手で押さえた。もう何も言えなかった。言葉の代わりに、ただ涙ばかりが流れた。


いつしか、空は明るくなり始めていた。赤みがかった紫と深い紺色が同居するような不思議な色合いは、どこかこの世ならざる趣がある。建物と電線でずたずたにされた都会の空も、夜と朝の狭間《はざま》では幻想的な横顔を見せるものなのだ。

空の色は、周囲の光景も同じ色に染め上げていく。太陽が出るほんの少し前、この時間に起きている者だけが見ることのできる、とても美しい眺めだ。

そういえば、猫太郎とよくこういう明け方の世界を一緒に見たものだ。朝になってから眠る猫太郎――猫は基本的に夜型だ――と、生活リズムが乱れるのを通り越して破綻《はたん》している碧衣とで、部屋が不思議な色に染まるのを眺めた。何があるわけではないし、どうということもない時間だった。けれど、猫太郎がいなくなった今となっては、とても得難いものだったように思えた。

「猫太郎、どうしてるかなあ」

ぽつり、と。碧衣は呟《つぶや》いた。何を食べているのだろうか。ゆっくり眠る場所はあるのだろうか。また怪我をしていないだろうか。

「大丈夫、きっと心配要らないよ」

女性が、励ますように言う。彼女の茶色の髪は、世界の色に飲み込まれず、凛《りん》とした明るさをまとっていた。

「さて、そろそろ時間かねえ」

そう呟くと、女性はベンチからぱっと立ち上がった。

「また、会えますか？」

彼女に、碧衣はそう訊《たず》ねる。いつの間にか、本当に自然に話せるようになっていた。

「ああ。勿論《もちろん》さ」

そう言って笑うと、女性は歩き出す。

「もっと、一緒にいてくれませんか？」

去っていく女性の背中に、碧衣はすがるような声を掛けた。誰かに頼っていいと、彼女は言った。だったら、彼女のことを頼りたい。それは甘えだろうか。それは身勝手なのだろうか。

「大丈夫だよ。あたしがいなくてもね」

振り返ると、女性は笑った。

「そうそう。そのサンダルは、魔法のサンダルらしいから。大事にしなよ」

サンダルに目を落とす。猫の顔の輪郭をしたサンダルは、可愛い。肉球マークがちょこんとついているのもポイントが高い。輪郭だけではなく毛並みも色で表現されていて、キジトラっぽい感じに仕上がっている。

「あの、これって――」

もう一度、顔を上げる。

「――えっ」

誰も、いなかった。女性はまるで煙のようにかき消えて、碧衣は一人でベンチに座っていた。

明け方の公園は、本当に静かだった。まるで、今まであったことが全て幻だったかのように思えてくる。

「うそ」

そんなはずはない。あの女性――そういえば、名前さえも聞いていなかった――は、確かにここにいた。碧衣を助けてくれて、話も聞いてくれた。大丈夫だと、励ましてもくれた。誰かに頼ればいいいと、助言もしてくれた。

また足元を見る。サンダルは――猫のものだった。ああ、そうだ。やはり空想なんかじゃない。彼女と過ごした時間は、空想なんかじゃない。本当にあったことなのだ。

捜さないと。彼女も、猫太郎も。碧衣は、一歩前へ踏み出した。

「――ん？」

戸惑う。確かに、捜さないといけないとは思った。しかし、まだ具体的に動くつもりはなかった。足が、ひとりでに動いたのだ。そういう表現はよく使われるが、比喩《ひゆ》などではない。本当に、碧衣の意思とは全く関係なく、足が前へと踏み出したのである。

碧衣が違和感に苛《さいな》まれている間にも、足はどんどん動く。碧衣は歩き、やがて早歩きになり、遂には走りだした。

「えっ、あれ？」

足が、止まらない。どんどんどんどん、加速していく。新聞配達の自転車を追い越し、空《す》いた朝の国道を飛ばす軽トラックを追い抜く。遂にはＪＲの始発と並走し、軽々とぶっちぎった。

「なんでっ」

言うまでもなく、ありえないことだ。電車より速く走ることができる人間など存在しない。しかし現に、碧衣はＪＲの普通列車を遥《はる》か後方へと引き離してしまった。これは一体、どういうことなのか。

「だ、誰か止めてえ」

そんな悲鳴もドップラー効果を起こすほどのスピードで、なおもサンダルは碧衣を走らせる。

ようやくサンダルが止まったのは、大きなビルの立ち並ぶオフィス街だった。

太陽もすっかり昇り、周囲は出勤するビジネスパーソンで溢《あふ》れかえっている。部屋着とサンダルと帽子で突入してしまった碧衣は、あからさまに場違いだ。

ビジネスパーソンたちは、碧衣にちらりと目を向けてはそしらぬ顔で歩き去る。全く目を向けず、初めから存在していないかのように振る舞う人も少なくない。まあ無理もない話だ。これから出勤だというのに、妙な存在と関わり合いになどなりたくないだろう――

「すいません」

そんな碧衣の予想を、誰かが覆してきた。

「どうかしましたか？」

声を掛けてきたのは、一人の女性だった。

「あ、いえ」

顔は見られず、女性の上半身を見ながら返事だけをする。ビジネスカジュアルというのか、そんな感じの出《い》で立《た》ちだ。スーツで決めた人ばかりの中で、結構目立つ感じである。まあ、部屋着に帽子に猫サンダルの碧衣とは比較にならないが。

「何だか、そのサンダルも」

女性が、気遣わしげに聞いてくる。何事かと思ってサンダルを見ると、真っ黒焦げになっていた。摩擦熱で焦げたのだろうか。しかしサンダルが焦げるほどの負荷が生じたのなら、碧衣の膝関節《ひざかんせつ》が砕けたり足の筋肉が断裂したりしないと辻褄《つじつま》が合わないはずなのに、特に何ともない。まったく、何が何やらという感じである。

「ええと、その」

言葉に困り、女性の足元を見ながらもごもごロごもる。彼女の靴はなんとスニーカーだ。

猫サンダルほどではないにせよ、これまた目立つ感じである。

「ううん」

女性の、考えるような声が降ってくる。それでも碧衣が黙り込んでいると、女性が申し出てきた。

「よかったら、少しわたしの会社に寄っていきますか？」

驚いて、顔を上げる。女性は、碧衣と同じくらいの年に見えた。髪の毛は明るめの茶色で、綺麗《きれい》にウェーブがかかっている。面立ちは整っていて、とても美しい。同じくらいなのは年だけで、後は全部違うというわけである。

「大丈夫です。誘拐したり、勧誘したりしませんから」

女性が、にこりと微笑みかけてきた。


結局断りきれず、碧衣は彼女の会社へと向かった。

連れて行かれたのは、オフィス街の端も端に位置するやや古びた雑居ビルだった。いや、立派なオフィスビルが並んでこそのオフィス街なのだから、ここはオフィス街の端ではなくオフィス街と隣り合う別の街の端と言った方がいいかもしれない。

「おはよう」

その三階にある一室の扉を、女性は開けた。扉には会社の名前か何かを表記したネームプレートらしきものが取り付けられていたが、見損ねてしまった。

室内は、ちょっと手狭な感じだ。碧衣の勤めていた会社のフロアの方が、遥かに空間に余裕があった。

そんな部屋の真ん中に、いくつものデスクが向かい合わせで置かれている。仕切りの衝立《パーティション》もなければそもそもデスク自体が相当古びているが、ここはここでオフィスなのだろう。

「あ、社長。おはようございます」

「おはようございます」

デスクにいた男女が、声を掛けてくる。いかにもPC作業が得意そうな人から、ぱっと見はアパレルの店員かあるいはネイリストかという感じの人まで色々である。

「おはよう」

女性は、それににこやかに応《こた》えると、オフィスの端へと歩いた。そこには、衝立と向かい合わせのソファ、そしてローテーブルが置いてあった。即席の応接室、といった感じだ。

「コーヒー淹《い》れましょうか？　デカフェ《カフェイン抜き》がいい？」

女性が、訊ねてくる。

「いえ。別に普通ので、大丈夫です」

碧衣がそう答えると、女性は去って行った。

碧衣は、俯《うつむ》いたままソファに腰掛ける。社長なんですね、とか若いのに凄《すご》いですね、とか言えばいいということは分かっているのだが、口から言葉が出て来ない。公園では喋《しゃべ》れていたのに、また逆戻りだ。

テーブルの上には、パンフレットが置かれていた。この会社の業務についてのものだろうか。何となく、めくってみる。

会社の名前は、Ｓｎａｋｅｓｋｉｎ。社名ロゴはアルファベット表記で、最初のＳｎａｋｅのＳが可愛らしい蛇のデザインのものだ。直訳すると、蛇《スネイク》の皮《スキン》ということになる。会社の名前としては少し、いやかなり風変わりなものだ。

――蛇。記憶をざわつかせるような、単語である。

ベンチャーのＷｅｂ企業、といった感じのようだ。サイトの運営、ページの作成。そういったオーソドックスな業務を基本に、様々な試みにも取り組んでいるらしい。

その一つが、悩みを抱えた子供同士の交流ＳＮＳだった。行政でも教育現場でも、電話窓口やカウンセラーなど対策は色々と用意している。しかし、やはり子供のことが一番分かるのは子供だ。子供目線に立てるのは、ほかでもない子供なのである。だからＳＮＳを使って、それを繋《つな》ぐのだ――概《おおむ》ね、それが目標らしい。

事例として、様々なものが挙げられている。たとえば、親の仕事の関係等で転校の多い子供たちを繋ぐこと。転校というのは、周囲の環境が全て変わるストレスフルなものだ。

しかし、同じ立場の子供は周囲には中々いない（なぜなら転校してしまうから）。そこで集まりやすい「場」を作るのだそうだ。

再び碧衣の記憶が刺激される。転校が多い、子供。それは――

「はい、どうぞ」

目の前に、湯気の立つコーヒーカップが置かれる。

「ありがとうございます」

何とか、礼ぐらいはちゃんと言えた。しかし、言葉は続かない。様々な考えが頭の中を駆け巡り、何も言えない。

「パンフレット読んでくれたのね。ありがとう」

女性が、嬉《うれ》しさを控え目に含ませた声でそう言った。

「やっぱりね、色々と難しいのよ。子供は天使じゃないから。学校裏サイトだって、子供たちの間から生まれたものだし。それに何より、良くない企《たくら》みを持って紛れ込もうとする大人が後を絶たないのよ」

「そう、ですか」

相槌《あいづち》を打つ。単なる相槌でしかない相槌である。

「まあ、だからこそわたしたちが頑張る意味があるんだけどね。やり方を見出《みいだ》して道筋を付ければ、続く人が現れる。便乗する人だってやってくる。そういう流れで物事は安定すると思うから。――ああ、そう言えばまだ名乗ってなかったわ」

女性が、名刺を差し出してくる。勤めていた頃に身についた習慣が、碧衣にそれを両手で受け取らせた。

「わたしは、こういう者です」

名刺には、まず会社のロゴが入っている。Snakeskin。そして、その下には。

社長という肩書きと共に、女性の名前があった。

「――っ」

蛇塚《へびづか》菜穂子《なおこ》、と。

「変わった名前でしょう。会社もわたしも」

碧衣の沈黙を違う意味で取ったのか、女性は――蛇塚さんは説明する。

「ずっと前にね、独りぼっちでいたわたしに話しかけてくれた子がいたの。

わたし、この名字でしかも転校が多かったから、何度も何度もからかわれてね。でも、その子だけは庇《かば》ってくれて。『蛇は格好良い、脱皮して大きくなるし！』みたいに言って」

嬉しそうに、蛇塚さんはくすくすと笑う。

「それから、わたしは名字が嫌いじゃなくなった。どんどん表に出して、からかわれても気にならなくなった。髪を巻いてるのも、実は蛇をイメージしてるのよ」

碧衣は、遂に顔を上げた。女性が――蛇塚さんが、美しいウェーブのかかった髪を揺らして微笑みかけてくる。

「一人で困ってる人を見たときは、できるだけ助けるようにしてるの。今のわたしがいるのは、あの子のおかげだから。同じことを、少しでもできたらなって」

「蛇塚、さん」

碧衣の口から、言葉が零《こぼ》れた。それだけでは、意味をなさない言葉だった。蛇塚さんは、いきなり名前を呼ばれたことに戸惑い、目をしばたたかせている。

「わたし、わたし」

今の碧衣に、名刺はない。仕事がないのだから、当たり前だ。社会的に、碧衣を裏付けるものは何もない。

「若宮です。若宮碧衣」

だから、名乗るしかなかった。ただの一人の若宮碧衣であると、告げる他なかった。

蛇塚さんは、目を見開く。そして、そのまま押し黙ってしまった。

碧衣は耐えきれず顔を伏せる。強い後悔が、湧き上がってきた。あの時は同じクラスの同じ小学生だった碧衣と蛇塚さんは、今や全く違う世界に住んでいる。名乗られても、迷惑なだけではないのか。彼女のような煌《きら》びやかで華やかで格好良い世界から見れば、碧衣など塵芥《じんかい》に等しい。

それこそ、蛇の抜け殻のようなものではないだろうか。成長してしまえばもう必要のない、過去の残滓《ざんし》なのではないだろうか――

「若宮さん、なの？」

蛇塚さんが、訊《たず》ねてきた。震える声で。

「えっ」

何か様子がおかしい――そう思った瞬間には、ふわりと良い香りが鼻をくすぐった。テーブル越しに、蛇塚さんに抱き締められたのだ。

「連絡しようとしたけど、連絡先が分からなくなっちゃって」

茫然《ぼうぜん》とする碧衣に、蛇塚さんが話しかけてくる。

「会えて、嬉しい」

その言葉が、碧衣の心に染み込んでいく。

「あの時は、本当にありがとうね」

もう一度命を吹き込んでいく。

「わたし、あなたの優しさに救われたんだよ」

優しさに。そしてそれを――信じる心に。

がちゃり、と。猫庵《にゃあん》の扉が開いた。

「あ、お帰りなさい」

青年が、入ってきた誰か——明るい茶髪にチョーカー、パーカーにカーゴパンツ姿の女性に声を掛ける。

「おす」

気さくなジェスチャーで返すと、女性はカウンター席に座った。

「上手《うま》くいったか、小娘」

カウンターの向こうから、店長がひょこりと顔を出す。

「おう、おかげさまでな。あのサンダルも、効き目は十分だったみたいだぜ。あ、布ありがとうな。ここ置いとくよ」

喋る店長に驚いた様子も見せず、女性は普通にやり取りをする。

「うむ。それは何よりだ」

満足げに頷《うなず》いてから、ふと店長が不思議そうに首を傾げた。

「しかし、人間への恩返しか。珍しいことだな。同族たちの名誉のためにも『三年の恩を三日で忘れる』なる俗説は否定しておきたいが、それでも犬どもの如くべったりと人間とは付き合わぬものだが」

店長の言葉に、女性は苦笑する。

「——でも。匂いは忘れない、そうだろ」

チョーカーを触りながら、女性は話し始めた。注意深く見れば、チョーカーには修繕した跡と肉球マークとがあることが分かる。

「実のところさ、人間の悪ガキたちに虐《いじ》められるのは初めてじゃなかった。逃げたかったけど、まだ小さいあたしは中々遠くにも行けなかったし、どうにもできなかった。

人間て大嫌いだった。でも、あの時あの子が追い払ってくれて、人間は怖い奴ばかりじゃないってわかったんだ」

女性が遠い目をする。何か、思い出を甦《よみがえ》らせるように。

「それから、あたしは飼い猫になった。飼い主は結構な年寄りだったけどね、よくしてくれたよ。でもまあ、死んじまって。身寄りがなかったみたいで、あたしも野良に逆戻りさ。それであっちにふらふら、こっちにふらふらしてたらまさかの再会を果たしたってわけ」

女性は苦笑した。

「正直もうトシだし、何かの間違いかとも思った。人間は、成長するとやたらでかくなるし顔も変わるし、やたら匂いの強い水？　みたいなものを身につけたりするし。でも、あの子の匂いだけは間違えようがなかった。何だか落ち込んでたから、力になってやろうと思ったんだけど、中々難しくてね」

そのまま、女性は黙り込む。店長も何も言わず、それまでやっていたカウンターの中の片付けを再開する。

「でも、猫って蜜柑《みかん》ダメなんですね。出かける前のお話で、初めて知りました」

気を利かせたのか、青年が話題を振った。

「うむ。じゅうすとて、積極的に飲もうとは思わぬものだが」

店長の口ぶりは、不思議そうなものだ。猫的にはかなりイレギュラーなことなのだろう。

「あの子が元気になったのを見てさ、あたしも飲んでみようかなと思ったのさ。その時は、あの飲み物に――オレンジジュースにそういう力でもあるのかと思ってね」

少し恥ずかしそうに、女性が言う。

「ふむ、ミカンか」

店長が、少し考え込む様子を見せた。

「どうしました？」

訊ねてくる。

「童《わっぱ》。この前、上野《うえの》さんが仕入れてくれたものを持ってこい」

「ああ、オレンジピールですか」

「うむ」

「分かりました」

青年は勝手口を開けて出て行き、少しして戻ってくる。

「どうぞ」

青年は、皿の上にスティック状のお菓子を盛りつけた。あまり長くなく、細目である。名前にはオレンジと入っているが、見た目はチョコレートだ。

「オレンジピールは、オレンジの皮とチョコレートを材料に作ったお菓子ですね。これはウィーンのデメルという菓子店のものです。日本にもお店はあって、百貨店に入ってたりしますよ」

「オレンジの皮は勿論《もちろん》、ちょこれいとも猫には毒だ。食べたことはないだろう」

「そうだな。人間が食ってるのは見たことあるけど」

女性は手に取り、くんくんと匂いをかいでから口に放り込んだ。

「あ、美味《おい》しい」

食べるなり、女性は目を丸くする。

「そうだろう、そうだろう」

店長も、お皿からオレンジピールを一つ取った。もぐもぐと食べて、にっこりと目を細め口元を緩める。猫が寝ている時に見せる、あの笑っているような寝顔——それに通じる福々しい表情だ。

「何だろう、チョコレートの甘さ？　の後に、違う味がくるんだよ。これがオレンジか。一度食べて、二度美味しいじゃん」

女性の言葉に、うんうんと頷く。

「まったくだ。実に奥深い味わいである。人生のようだとも言える」

「店長は猫だから猫生でしょ」

青年が揚げ足を取り、店長がむむっとむくれる。

「でも、本当に美味しいですよね。僕にも一個下さい」

横から手を伸ばし、青年がオレンジピールをつまむ。

「──うーん、素晴らしいです！　チョコレートのカカオ感が最初に来て、そこからオレンジの味がチョコを押し上げて。オレンジは酸っぱいというより何だかほろ苦くもあって、チョコレートがそこに寄り添うんです」

青年の評価に、店長は黙って頷く。納得のいく表現だったようだ。そして、ぽんぽんとオレンジピールを口の中に放り込んでいく。

「ちょっと、勢いよく食べ過ぎじゃないですか？　お客さんにお出ししたものなのに。それに、もっとゆっくり味わうべきでしょう」

青年が、そのスタイルに抗議した。

「一口さいずのものなのだ。一口で食べきるのが一番だろう」

「そんなことはありません」

青年と店長が言い争う。それを笑顔で見ていた女性が、不満そうに言った。

「しかし、知らなかったぜ。何だよ人間のやつら、うまいもんばっかり食いやがって」

「まったくだ。わしも、色々食べられるようになった時は今のお主のように思ったものだ。――遠い、遠い昔の話だ。懐かしい、ものだな」

ふと、店長は感傷的な目をした。それを見た青年が、少し不安そうな表情をする。

「ほんとにな｜。損してたわ。――さて」

その辺には気づいていない様子で、女性は俯《うつむ》き気味になった。そして目を見開いて、指をそっと近づける。それからおっかなびっくり挟むようにして。眼球から何かを取る――コンタクトレンズだ。

「ふう、できたできた。失敗したらどうしようかと思った」

両の目からコンタクトを外すと、ほっとしたように女性が言う。黒のコンタクトレンズの下から現れたのは、鮮やかな緑の瞳《ひとみ》だった。

「着け心地はいかがでしたか？」

青年が、コンタクトを受け取りながら聞く。

「ああ、悪くなかったな。最初は目に物を入れるってあり得ないと思ったけど、慣れると気にならないし。人間になってみるのも悪くないもんだ」

「ほうほう」

女性の答えに、店長がうむうむと頷いた。

「ほう。ならば、その姿でもうしばらくここに残るか。興味があるなら、この猫庵で働いてみてはどうだ」

そして、出し抜けにそんなことを提案する。

「あ、名案ですね。歓迎しますよ。やっぱり僕一人だと手が回らないことがあって」

青年が、嬉《うれ》しそうに言った。

「結構忙しいんですよ。店長が要らないものを買うのを見張るのとか、店長がお菓子を食べ過ぎないよう見張るのとか、店長がネットばかりしてサボらないよう見張るのとか」

「童！　なんだそれは！　わしのお守りが主な業務内容とでもいいたいのかっ」

「違うんですか？　僕、掃除とかはついでのつもりだったんですけど」

「むむー！」

店長が、カウンターの上に寝っ転がってじたばたする。

「仲が良いなあ、あんたら」

女性は心底おかしそうに笑った。

「――ほんと、感謝してるよ。あの子を助けてあげることができたし、最後にずっと伝えたいと思ってたことが伝えられたし――それに」

そして、そっともう一度首輪に触れる。

「とっても大切なものを直してもらっただけでも、ありがたいよ」

「うむ」

店長が悔しがるのを止め、頬杖《ほおづえ》をついた。

「しかし、不思議だなあ。何だか猫についてあれこれ知ってるのに、なあ」

女性が、苦笑交じりに呟《つぶや》く。

「猫は死ぬ時いなくなるって、知らないんだなあって」

店長も、青年も、痛ましそうに目を伏せた。

「病院では分からなかったところが悪かったみたいでさ。ああ、もう駄目だなって。ここと は別にね」

女性が、前髪を搔《か》き上げる。そこには、大きな傷痕《きずあと》が残っていた。

「目の前で死んだら、自分を責めるんじゃないかって思ってさ。隙を見て飛び出したんだ。そうしたら、ここに迷い込んだわけ」

「飼い主のことが、気になるのだな」

頬杖を外し、店長が訊《たず》ねる。

「ならば、なおのことここにいれば良いではないか。ここからなら、何かあればまた人間の姿で助けに行けるぞ。向こうでもない、あちらでもない。その境目のようなここならば、な」

女性は口だけ動かして何か言いかけ、そしてやめた。言葉にはならなかった気持ちだけが、あてどなく辺りを漂う。

「危なっかしくて、見てられないのは事実だ」

改めて、女性が言う。

「でも、あの子は自分の力でもう一度やり直そうとしてる。あたしは、一旦《いったん》離れるべきなんだ」

静かながらも、決然とした言葉だった。

「――うむ」

店長は起き上がると、カウンターの中に飛び降りた。

「勝手口を、開けてやれ」

そして、青年にそう言う。

「はい、分かりました」

真面目な顔で答えると、青年はカウンターの端まで行き、勝手口を開けた。

「見て下さい」

扉の向こうを指して、青年が言う。

「綺麗《きれい》な虹《にじ》が架かっているでしょう。あそこを目指して行くといいですよ」

彼の足元で、一匹の猫がにゃんと鳴いた。綺麗な茶色の毛を持ち、首輪を巻いた、茶トラ猫だ。

「お気を付けて。またこちらに来られることがあったら、いつでも立ち寄ってくださいね」

「美味《うま》い茶菓子を用意して待っておるぞ」

青年と店長が、茶トラ猫に声を掛けた。茶トラ猫は二人を振り返ると、その緑の目でじっと見つめる。

どれほど経ったか。ふっと前を向くと、猫は尻尾《しっぽ》を立てて外へと出て行った。

「しばしの別れだ。彼女たちのこれからが、光に溢《あふ》れたものであるように」

その後ろ姿を見つめながら、店長は呟くように言ったのだった。


スマートフォンがアラームを響かせ、碧衣は目を覚ました。設定は、デフォルトで入っているなんかポコポコした効果音である。一時は好きな曲など入れていたが、毎朝叩《たた》き起こされていると百年の恋も冷めることに気づき、忌み嫌っても問題のないポコポコ音に変えたのだ。

ベッドから起き上がり、それなりに整頓《せいとん》された部屋を歩いてキッチンへ。トーストとオレンジジュースという朝ご飯を済ませ、洗面台へ。歯磨きをして、顔を洗って。一通り済んだら、パジャマをスーツへと着替える。最後にメイクをすれば、スネイクスキン社の新入社員・若宮碧衣の完成だ。

──あの後、「今日の社長業務はここで終わり。社長なので、わたしが白いと言えばカラスもカエルも白くなる」と言い放ち退勤した蛇塚さんに連れられてファミレスや居酒屋をはしごし、最後は蛇塚さんの家に行って飲んだ。

その間、二人はひたすら話した。小学校の頃の思い出、それからあった出来事、楽しかったこと、哀しかったこと、嬉しかったこと、辛《つら》かったこと。何でもかんでも、お互いに話した。

「だったら、うちに来なよ」

蛇塚さんがそんなことを言ったのは、碧衣が現状を話した時だった。

「大歓迎だよ」

スキルもないし、対人能力下がってるし──とかなんとか言い訳する隙も与えることなく、蛇塚さんは碧衣をカラスやカエルの如く漂白した。気がつくと、碧衣は無職から脱皮してスネイクスキン社に入社する運びになっていた。

最初は研修という形で簡単な仕事から始め、徐々に色々な業務に携わるようになった。何かを任され、ちゃんとこなす。その繰り返しを通じて、碧衣は自信と気力を取り戻していった。

働き出してしばらくしてから、碧衣はあの日出会った女性を捜した。おかげで、助けてくれる人と出会えた。もう一度、自分の足で立つことができたと報告しようと。

しかし、どうしても見つけることはできなかった。まるで幻のように、彼女は二度と碧衣の前に姿を現すことはなかった――

「うし」

気合いを入れる。碧衣が今担当しているのは、営業である。学校や教育委員会などを回り、必要とあらばPTAの集まりなどにも出かける。「子供の交流サイト」について説明し、協力を求めるのが仕事だ。

歓迎されることもあれば、胡散臭《うさん》がられることもある。なぜか怒られることもある。しかし、辛くはなかった。スネイクスキン社の給与体系はしっかりしているし、福利厚生もしっかりしているし、何より職場のみんなが仲間だ。別に休日も毎日一緒に出かけるとかそういう感じではないが、少なくとも陰で誰かを悪く言うことはない。仲間意識と職業倫理で繋《つな》がった、戦友とでも言うべきだろうか。

ちらり、とベランダに目をやる。ベランダには、あのサンダルがある。黒焦げなのでさすがに外は歩けないが、洗濯物を干すには十分なので今も使っているのだ。

その横には、水と猫用のドライフード、そして段ボールとクッションで作った寝床を置いている。いつ、猫太郎が帰ってきてもいいようにだ。

上階のここまで、猫太郎が戻ってくるかどうかは分からない。だが、出て行っていなくなったのなら、また帰ってくることもあるかもしれない。本当はガラス戸を開けておきたいが、防犯上難しいので（マンションで空き巣の被害があったのだ）、せめて碧衣が帰ってくるまでは過ごせるように準備してあるのだ。

「さて」

声に出して、気持ちを切り替える。

鞄《かばん》を持ち、靴を履き。碧衣は部屋の扉を開ける。さあ、今日も頑張ろう！

扉が閉まり、鍵《かぎ》がかかり、部屋は静けさに包まれた。

「——はあ、はあ」

数分後、鍵が回され再び部屋の扉が開いた。碧衣である。名刺入れを忘れていたのだ。

普段部屋で鞄から出すことはないのだが、昨日実家に新しいところで働き始めたと連絡したらどんなところだと聞かれたので、名刺の写真などを送ったのである。

名刺入れはちゃぶ台の上に置いてあった。撮影に使った名刺が一枚だけ外に出ている。

名刺は、碧衣が働き出す前と比べて少しデザインが変わっている。社名のロゴなど、基本的な部分は同じだが、隅にキャッチフレーズが追加されたのである。

「優しさを、広げよう」——それが、スネイクスキン社のキャッチフレーズだ。

名刺を名刺入れに仕舞い、名刺入れを鞄に仕舞い、再び碧衣は部屋を飛び出す。
さあ、今日も頑張ろう！

エピローグ

その日、青年の様子はいつもと違っていた。仕事はきっちりこなしている。掃除もやるし、お茶っ葉やコーヒー豆の補充もばっちりだ。しかし何やら不満げで、時折店長の方を睨《にら》みつけるように注視しては、ぷいっと顔を背ける。

「な、なんだ。どうしたのだ」

店長は、狼狽《うろた》えるばかりだった。

「文句があるならはっきり言わんか」

そう言ってみたりもするのだが、青年は余計にふてくされた様子で掃除に打ち込むばかりである。

「ええい、はっきりせんやつめ」

店長はそれまでやっていた作業——カウンターの後ろの壁の棚の整理を再開した。店内の掃除は基本的に青年に任せている店長だが、ここだけは必ず自分の手で掃除やものの入れ替えを行っているのだ。いわば、店長ギャラリーである。

普通のバーならお酒が並んでいるような棚だが、猫庵《にゃあん》では違う。よくいえばバリエーション豊富、悪く言えば統一感が欠片《かけら》もない。やや悪い方に軸足を置いた評価であるが、ラインナップを見ればそれも頷《うなず》けることであろう。

今回のものは、どこかの島の地図（宝の在処《ありか》か何かが矢印で示されている）、鉛筆削り（ハンドルをくるくる回す手動のもの）、古代ギリシャの哲学者みたいな髭《ひげ》のおじさんの彫像（もの自体も古代遺跡の出土品であるかの如く古びている）、意地悪な表情をした黒柴《くろしば》のぬいぐるみ（しかし可愛い）、などなど。強いて分類すれば古道具、あるいは骨董品《こっとう》に近い感じだが、中にはブルートゥース接続のスピーカーやテレビのように現代的なAV機器も見られる。

「ふむ、やはり素晴らしい」

その中から、店長は古い木のジョッキを取り出した。

「さすがは、『銀の鉱石』と異名を取ったヴァイキングの戦士の愛用品。一般的には無名な『銀の鉱石』だが、その風格が感じられる」

異名を取った割に無名という時点でモノの信憑性《しんぴょうせい》に疑問符がつく。普段なら、青年がその辺りを鋭く指摘するだろう。しかし青年は、ぎろりと一瞥《いちべつ》するだけでまた掃除に戻ったようだ。

「む、むむ」

店長は目を白黒させる。鋭い指摘を期待していたのに無反応で、肩透かしを食らったようだ。

「さて。ぶるぶるとぅーすで音楽を聴くかな」

言って、店長はカウンターの上に置いてあったタブレットを操作して音楽を再生した。情感豊かなピアノ曲である。

「ふっ。しょぱんはわしの庵のむぅどにぴったりだ」

店内の作りは和であり、ショパンがもたらすタイプのロマンティックさは明らかにミスマッチである。普段なら、青年がその辺りを鋭く指摘するだろう。しかし青年は、ふんと鼻を鳴らすだけでまた掃除に戻った。

「む、むむむ」

店長は目を白黒させる。遂には自分の方を見さえもしなくなったことに、動揺しているようだ。

そして、どちらも喋《しゃべ》らなくなった。ピアノの調べが、沈黙をやるせなく演出する。思わぬ効果に後悔したか、店長が再生を止めようとして、それからまたやめる。静寂が訪れた時の更なる居心地の悪さに、思い至ったようだ。

「――僕は」

青年が、いきなり口を開いた。何かに耐えかねたような、そんな感じだ。

店長は彼の方を見る。その視線を正面から受け止め、青年は言った。

「僕は、気になってるんです。店長も、『あちら』へ行っちゃうんじゃないかって」

店長が、はっとしたように息を呑《の》む。

「犬庵《わあん》さんとのことがあった時は、ただ懐かしがっているだけかなと思いました。でも、『この前のこと』で分からなくなりました。僕、見たんです。店長が、すごく寂しそうにしてたのを」

店長は、何も答えない。その態度が、青年の観察眼の正しさを雄弁に物語っていた。

「僕は、いつか店長が過去を分かち合った人たちがいるあちらに行ってしまうかもしれないって心配なんです。『境目』のここではなく、勝手口の向こうへ。行ったら二度と戻れない、あちら側へ」

店長は、押し黙ったまま考え始めた。腕組みをし、真剣な表情で俯《うつむ》く。

どれほど時が経ったか。店長が、腕組みを解いて口を開いた。

「――心配を掛けて、すまなかった」

店長が頭を下げる。青年は、呆気《あっけ》にとられた様子で固まった。まさかこんな態度を取られるとは思っていなかった――そんな感じだ。

「まったく、最近立て続けに謝る羽目になった。にゃんたる不覚か」

店長が、大袈裟《おおげさ》にぼやく。

「別に、謝って欲しいなんて」

青年が、もごもごと言いながら顔を背ける。「にゃんたる」という部分は店長の冗談なのだろうが、そこに「にゃにがしか」のツッコミを入れる余裕もないらしい。

「ふん」

普段なら、からかうようなことを言うタイミングだ。

「わしはこの猫庵の庵主だ。いつでも、ここにおる。これまでも、そしてこれからもな」

しかし、店長はただ微笑むだけに留《とど》めた。

「勿論《もちろん》、わしにも懐かしむべき過去がある。慈しむべき、思い出がある。しかし、それ以上に大切な『今』がある。たとえ過去に戻るとしても、それはまだまだ遠い未来のことだな」

青年が、ぱあっと輝くような表情で店長の方に向き直る。

「――さみしがり屋のバカ弟子も、おるようだしの」

今度は、ぷいっと店長がそっぽを向いた。

「ひどい！　なんですかその言い方！」

照れ隠しにさえも気づかない様子で、青年がぷりぷり怒る。

「まったく、二人とも不器用だね。にゃんともかんとも」

そんな二人を、上野《うえの》さんがそう評した。

「う、上野さん！　いつの間に！」

突然登場した大きなパンダを見ながら、青年が仰天する。

「猫庵さんが、『な、なんだ。どうしたのだ』とか狼狽えるところからかな」

「とっても最初の方ですね！」

「はっはっは」

「というか、僕ずっと掃除してたのに上野さんに全然気づかなかったんですが」

「パンダの白黒毛皮は保護色だからね。風景に紛れ込めるんだ」

「この店は木目調です！　白黒じゃむしろ浮き上がります！」

恥ずかしそうにばたばたする青年と、それをからかう上野さん。中々に珍しい光景である。それを目を細めて眺めながら、店長は呟《つぶや》いた。

「そう、ここがわしの庵。わしの『今』なのだ」

あとがき

どうも尼野《あまの》ゆたかです。この度は、『お直し処猫庵　二つの溜息、肉球で受け止めます』を手に取って頂き、まことにありがとうございます。

前回は、ページ数の関係であとがきが一ページしかなかったのですが、今回は沢山書けることになりました。やったー！

めでたくシリーズ化と相成りました猫庵《にゃあん》ですが、その道筋は必ずしも順風満帆というわけではありませんでした。最初の最初から爆発的にヒットしたわけではなく、見通しはかなりはっきりしない感じだったのですね。

ですが、そこからこつこつと猫庵が売れつづけました。静かに、しかし確実に売れつづけて、半年以上を経て遂に続編の発行が決まったのです（富士見L文庫様において、シリーズ化の決定までこれほど期間が空くのはとても珍しいとのことです）。

それが可能となったのはなぜかというと、やはりまず書店様・書店員の皆様の協力によるところが大きくありました。根気よく並べて頂いて、売れる度に注文して頂いて、その積み重ねで部数が積み上がっていったわけです。感謝の言葉もありません。

他にも、取次様（本の問屋さん、みたいな感じです）が猫フェアを行われた時にラインナップに入れて頂いたりもしました。本当にありがとうございました。

読者の皆様の応援もまた強力な後押しとなりました。ポジティブなリアクション、手書きのファンレター。そういうものが、どれほど作品に希望と力を与えてくれたことか。あ、勿論《もちろん》買って読んで楽しんで頂けるだけでも十分過ぎるほどです。感謝感激雨あられです。

その感謝を込めて書いたのが、この第二巻です。楽しんで頂けたら幸いです。

さて、この場を借りて更に謝辞を。

応援してくれた家族。

尼野ゆたかと作品とを導いて下さった担当編集・M崎様。

お菓子お直し協力のI本様。店長のモデル・エージェントコーマソン。

犬庵のアイデアを提供して下さったROHGUNさん。

今回も素敵な店長を描いて下さったおぷうの兄さん様。

大阪書店員懇親会を運営されていて、自分に沢山の素敵な出会いをもたらして下さったT島様。そして、T島様の同僚にして共に様々なご支援を下さったI上様。

他にも沢山の方々のお世話になりました。具体的にお名前を挙げたいのはやまやまですが、もしそんなことをしたらあまりに長すぎて担当M崎さんのメールアカウントが爆発してしまうでしょう……。

そうそう、追加でもう一つ。今回も登場するお菓子は全て実在し、実際に尼野ゆたかが食べたものばかりです。どれも美味《おい》しいお菓子ばかりです。猫庵お墨付き！

ちなみに某豆大福も自分で作ってみました。レシピを探して作ってみたところ割と普通にできてしまったので、作中にある「アレンジ」を加えた感じです。結構キッかった。レシピご紹介したいんですが、毒殺アイテムのモデルとか不名誉なのでやめておきます……。

それではこの辺で。またお目にかかれることを祈っております。

尼野　ゆたか

お便りはこちらまで

〒一〇二—八五八四
富士見L文庫編集部　気付
尼野ゆたか（様）宛
おぷうの兄さん（おぷうのきょうだい）（様）宛

富士見L文庫

お直《なお》し処猫庵《どころにゃあん》
二《ふた》つの溜息《ためいき》、肉球《にくきゅう》で受《う》け止《と》めます

尼野《あまの》ゆたか

2019年11月15日　初版発行
2024年11月25日　4版発行

発行者　山下直久
発　行　株式会社 KADOKAWA
〒102-8177　東京都千代田区富士見2-13-3
電話　0570-002-301（ナビダイヤル）

印刷所　株式会社 KADOKAWA
製本所　株式会社 KADOKAWA
装丁者　西村弘美

定価はカバーに表示してあります。

●お問い合わせ
https://www.kadokawa.co.jp/（「お問い合わせ」へお進みください）
※内容によっては、お答えできない場合があります。
※サポートは日本国内のみとさせていただきます。
※Japanese text only

ISBN 978-4-04-073397-5 C0193

メイデーア転生物語 1
この世界で一番悪い魔女

著／**友麻 碧**　イラスト／雨壱絵穹

魔法の息づく世界メイデーアで紡がれる、
片想いから始まる転生ファンタジー

悪名高い魔女の末裔とされる貴族令嬢マキア。ともに育ってきた少年トールが、異世界から来た〈救世主の少女〉の騎士に選ばれ、二人は引き離されてしまう。マキアはもう一度トールに会うため魔法学校の主席を目指す!

富士見L文庫

暁花薬殿物語

著／佐々木禎子　イラスト／サカノ景子

ゴールは帝と円満離縁!?
皇后候補の成り下がり“逆”シンデレラ物語!!

薬師を志しながらなぜか入内することになってしまった暁下姫。有力貴族四家の姫君が揃い、若き帝を巡る女たちの闘いの火蓋が切られた……のだが、暁下姫が宮廷内の健康法に口出ししたことが思わぬ闇をあぶり出し？

【シリーズ既刊】1～2巻

富士見L文庫